황룡난신

FANTASTIC ORIENTAL HEROES
일황 新무협 판타지 소설

황룡난신 4
일황 新무협 판타지 소설

초판 1쇄 찍은 날 § 2012년 3월 16일
초판 1쇄 펴낸 날 § 2012년 3월 23일

지은이 § 일 황
펴낸이 § 서경석

편집부장 § 권태완
편집책임 § 박우진

펴낸곳 § 도서출판 청어람
등록번호 § 제1081-1-89호
등록일자 § 1999. 5. 31
어람번호 § 제2-2213호

주소 § 경기도 부천시 원미구 심곡2동 163-2 서경B/D 3F (우) 420-822
전화 § 032-656-4452 팩스 § 032-656-4453
http://www.chungeoram.com
E-mail § chungeoram@chungeoram.com

ⓒ 일황, 2012

ISBN 978-89-251-2813-9 04810
ISBN 978-89-251-2740-8 (세트)

※ 파본은 구입하신 서점에서 교환하여 드립니다.
※ 저자와 협의하여 인지를 붙이지 않습니다.
※ 이 책은 도서출판 청어람과 저작자의 계약에 의해 출판된 것이므로,
   무단 전재 및 유포·공유를 금합니다.

황룡난신 黃龍亢神

4

일황 新무협 판타지 소설
FANTASTIC ORIENTAL HEROES

目次

제1장	어쩐지 운수가 너무 좋더라니, 왜 내단을 얻어도 편히 돌아가질 못하니	7
제2장	좋은 거, 좋은 약? 비싼 약으로 가져와 봐!	29
제3장	아니, 내가 이겨	51
제4장	염병, 지랄을 한다	97
제5장	지금까지 즐거웠냐?	117
제6장	요거나 먹어라	141
제7장	개자식들아, 죽이긴 누굴 죽이냐!	169
제8장	당한 놈이 병신이지	187
제9장	선배를 선배라 부르지 못하고	213
제10장	즉결 처분이다. 개똥같은 자식아	237
제11장	지금 만나러 갑니다	257
제12장	아직도 네가 웃을 수 있는지 그게 궁금해서	289

第一章
어쩐지 운수가 너무 좋더라니.
왜 내단을 얻어도 편히 돌아가질 못하니

황룡난신

자운이 자리에서 펄쩍 뛰었다.

쾅 하는 소리와 함께 방금 전까지 자운이 서 있던 자리가 움푹하고 파였다.

"빌어먹을, 더럽게 빠르네."

곰의 상반신과 뱀의 하반신을 하고 있는 영물, 이름이 무엇인지는 알 수 없으나 저 뱀처럼 꿈틀거리는 꼬리는 그야말로 천고의 채찍과 같은 것이어서 피하기가 쉽지 않았다.

운해황룡을 펼친다 해도 모두 피해낼 수 없으니 자운으로서는 미치고 팔짝 뛸 노릇이었다.

자운이 허리춤에서 황룡신검을 뽑았다.

스르릉—

검집이 툭 하고 바닥으로 떨어져 내리고, 자운의 부름을 받은 황룡이 우렁차게 운다.

우우우—

기분 좋은 검명에 자운이 씨익 영물을 노려보며 웃었다.

"그 꼬리 그대로 잘라주마, 이 미친놈아!"

자운이 튀어나갔다.

허공을 휘저으며 뛰어나가는 보법, 그의 발에서 광룡폭로가 펼쳐졌다.

미친 용의 걸음에 모든 바닥이 부서져 내린다.

콰지지직—

자운의 신형이 돌진해 오자 놈 역시 거대한 꼬리를 꿈틀거리며 자운을 향해 돌진해 왔다.

무지막지한 육탄 공격. 자운의 어깨와 놈의 몸이 맞부딪치기 직전, 자운이 어깨를 틀었다.

그가 황룡신검을 휘둘렀다.

카앙—

놈이 자운의 속셈을 눈치챈 것인지 황룡신검을 꼬리로 막아내었다. 자운이 안타깝다는 듯 입맛을 다신다.

"빌어먹을, 그 한 방에 좀 잘려주면 좋겠는데 말이지."

자운의 검 위로 다시 강기가 불타올랐다.

크허허허헝—

곰의 얼굴이 울부짖는다. 그리고는 단번에 자운에게로 돌진!

거대한 덩치에 맞지 않게 쾌속한 속도로 자운을 향해 날아든 놈이 그대로 앞발을 휘둘렀다. 곰의 그것을 하고 있는 앞발은 무척이나 거대해 육중했다. 잘못 맞으면 뼈가 나갈지도 모르는 힘. 쾅 하는 소리와 함께 바닥에 깔린 돌이 들썩했다.

앞발이 바닥을 내려친 것이다.

본래는 자운을 노린 것이었는데, 자운이 재빠르게 몸을 움직였기에 놈은 목표한 바를 이루지 못했다.

자운의 몸은 휙 하고 돌아 놈의 뒤로 가 있었다.

꿈틀거리는 꼬리가 자운의 눈에 들어온다.

"그놈 참 실하게 생겼다."

자운이 진득하게 웃고, 검 위로 검강이 겹겹이 쌓였다.

황금빛 불꽃이 찬연히 모습을 드러내고 검의 형상을 이루는 순간, 직도황룡의 일곱 변화가 단번에 꼬리를 향해 몰아친다.

뱀의 비늘을 하고 있는 꼬리가 꿈틀거린다.

보지도 않고 꼬리를 휘두르는 것이 뒤에 눈이라도 달린 듯했다. 자운의 검과 놈의 꼬리가 충돌했다.

어쩐지 운수가 너무 좋더라니, 왜 내단을 얻어도 편히 돌아가질 못하니 11

깡—

순간 자운의 눈이 놀란 듯 치켜떠졌다.

놈의 꼬리가 검강을 막아낸 것이다. 뱀의 것이라고 생각했던 비늘이 검강을 막아낼 정도로 강했던 모양이다. 자운의 눈가가 꿈틀하는 순간, 놈의 꼬리가 휙 하고 움직이며 자운을 때렸다.

자운이 빠르게 퇴법을 밟아 놈의 공격을 빗겨내고, 바닥을 내려친 꼬리로 인해 먼지가 솟아올랐다.

"더럽게 강하네."

다친 왼팔만 자유롭게 쓸 수 있어도 상황이 달라지기는 할 텐데, 그게 되질 않으니 문제였다.

자운이 뒤로 슬금슬금 물러나며 등에서 느껴지는 차가운 기운에 의문을 느꼈다. 분명 놈의 뒤쪽에 은색으로 회전하는 무언가가 있기는 했는데 무엇인지 제대로 확인하지 못했던 것이 떠올랐다.

자운의 고개가 뒤로 휙 돌아가 그것이 무엇인지 확인했다.

"빙정?"

자운의 입에서 경악에 가까운 소리가 튀어나왔다.

영물도 모자라서 이제는 뒤쪽에 있는 것이 빙정이라니.

빙정이 어떤 것이던가. 극음지기에서 몇백, 몇천 년 동안 그 기운이 쌓이고 모여야만 생겨나는 것이 빙정이 아니던가.

엄지손톱만 한 크기로 보아 족히 백 년은 넘은 시간 동안 쌓인 듯한 빙정이 분명했다.

"설혜 가져다줘야겠군."

빙정은 자운이나 황룡문의 무공에는 도움이 되지 못한다. 열양지기를 근본으로 하는 황룡문의 무공에 해가 되었으면 되었지 득이 되지 못할 것은 분명했다.

자운이 입맛을 한번 쩝 하고 다신 후에 눈앞의 괴물을 노려보았다.

"일단은 이놈부터 처리해야 하는데······."

그의 시선이 영물의 뱃속으로 향한다. 말했다시피 이런 추운 곳에 사는 영물들이 가지고 있는 내단은 둘 중 하나가 분명하다. 추운 기후 속에서 살아남기 위해 속에 화(火)의 기운을 키워 내단을 만든 영물과 반대로 적응을 하여 빙(氷)의 기운을 키워 내단을 만든 녀석들. 놈의 뱃속에 있는 것이 무엇인지는 알 수 없었지만 화의 내단이기를 바랐다.

"그래야 우리 애들 좀 가져다주지."

자운의 시선이 기분 나빴던 것인지 놈의 눈가가 꿈틀했다. 자운을 향해 동공이 흔들릴 정도로 거대한 포효를 터뜨렸다.

크아아아―

자운의 몸이 휙 하고 날았다.

단번에 뻗어나간 보법의 끝이 도달한 곳은 놈의 미간이 있

어쩐지 운수가 너무 좋더라니, 왜 내단을 얻어도 편히 돌아가질 못하니

는 곳이었다. 쾅 하는 소리와 함께 각법이 펼쳐지고, 놈이 한순간 흔들린다.

거대한 내력이 담긴 찍어 누르기를 미간에 맞았으니 쉽게 견뎌낼 수 있을 리가 없다.

크어어엉—

고통으로 놈이 비명을 질러대고, 자운이 이리저리 검강을 휘둘렀다. 단번에 허공을 날아간 검강이 놈의 몸을 때렸다.

쾅쾅쾅—

놈의 몸과 검강이 충돌하고, 고통 때문인지 놈이 커다란 앞발을 이리저리 휘둘렀다.

자운의 공격에 마구잡이로 반응하는 것이었다.

하지만 어느 하나 자운을 맞추지는 못하고 애꿎은 공동의 내부만을 후려친다.

쾅— 쾅—

그 충격이 적은 것이 아니라 공동이 흔들거리며 가루가 떨어졌다. 앞발에 맞고 바위가 뜯겨 나가는 경우도 있었다.

자운이 멀찍이 서서 그 모습을 바라보고 있다가 한마디 감상평을 내뱉었다.

"그놈 참 발광을 귀엽게도 하는구나."

* * *

자운이 괴물의 형상을 한 영물과 열심히 싸우고 있을 때, 설혜 역시 치열하게 몸을 움직이고 있었다. 비록 만들어진 기관이라고는 하나 그 힘이 설혜에 비해 전혀 밀리지 않았기 때문이다.

 '이 기관, 뭐지?'

 설혜가 눈앞으로 다가오는 거대한 도끼를 막아내며 무표정한 얼굴로 고개를 갸웃했다. 손이 저릿저릿할 정도의 충격이 느껴졌지만 그녀의 표정은 변화가 없었다.

 절대의 고수와 비등한 기관이라니……. 기관에 있어서 문외한이라고는 하지만 이런 기관에 대해서는 들어본 바가 전혀 없었다.

 얼마나 검을 휘둘렀을까, 온몸이 땀으로 흠뻑 젖어들어 가기 시작했는데도 설혜가 기관 내부로 들어와 움직인 걸음은 채 스무 걸음이 되지 않았다.

 앞을 내다보니 이제 절반 정도 온 듯하다. 사십 걸음 남짓의 짧은 기관이 분명한데 이렇게 힘이 들다니.

 설혜가 다시 검을 튕겨내었다.

 퉁—

 손을 타고 전해지는 감각. 한데 이전만큼 충격이 묵직하지 않다. 설혜의 미간이 좁혀졌다.

그리고는 다시 또 하나의 기관장치를 빗겨내었다.

투웅—

'역시 힘이 줄었어.'

어찌 된 것인지는 알 수 없었다.

지금까지 설혜가 보낸 힘을 똑같이 보내오던 기관이 약해졌다. 말했다시피 기관에 대해서는 문외한이라 어떤 원리로 이런 일이 벌어지고 있는 것인지는 알 수 없었지만, 설혜에게 득이 되는 일이라는 사실 하나만큼은 분명했다.

그녀가 검을 단단히 움켜쥐며 무감각하게 중얼거렸다.

"할 수 있어."

*   *   *

기관의 힘이 약해진 것은 자운 덕분이라고 할 수 있었다. 물론 자운도 잘 모르는 일이었지만, 그가 영물과 싸움을 벌이고 있는 곳은 천산설곡이 처음 만들어질 때 함께 만들어진 통제실과 같은 것이었다.

무인으로 이루어지는 통제실인데 영물은 그곳을 보호하기 위해 데려다놓은 것이었다.

그것이 이백 년이 지난 지금 감히 자운이라고 할지라도 무시할 수 없을 정도의 힘을 뽐내며 침입자를 처단하고 있는 것이다.

물론 이백 년이나 된 사실이기 때문에 천산설곡 내부에서도 이곳에 대해서 아는 사람은 극히 적었다.

자운과 놈의 충돌로 또 벽 한쪽이 허물어졌다.

쾅—

이렇게 점점 동공이 무너져 내리면서 기관이 약해지는 것이었다. 자운은 그것을 몰랐지만 일단 살기 위해 검을 휘둘렀다.

서걱—

검끝에 검강이 더욱 진하게 압축된다. 다행히 뱀의 비늘이 감싸고 있는 하반신을 제외하면 상반신에는 검강이 통했다.

자운의 검강이 놈의 두꺼운 가죽을 서걱 하고 잘라내었다.

피가 분수처럼 뿜어지고, 놈이 아픔으로 인해 괴성을 질렀다.

쿠워어어어—

그러면서도 자신에게 상처를 입힌 자운에 대한 분노를 죽이지 않은 듯 연신 앞발을 휘둘렀다. 자운이 보법과 경신술을 이용해 놈의 공격을 이리저리 피했다.

"빌어먹을, 덩치가 워낙 크니 한 번에 썰리지도 않네."

자운이 반도 채 썰리지 않은 놈의 앞발을 보며 입맛을 다셨다. 놈의 크기가 워낙 거대하다 보니 검이 모두 들어가도 다

잘리지 않았다.

　황룡신검을 꽤나 깊이 찔러 넣어 베어냈다고 생각했는데도 놈의 앞발 삼분지 일이 채 잘리지 않았으니, 그 크기는 보지 않는다 하더라도 상상만으로 무서울 정도였다.

　놈과 자운의 눈이 마주친다.

　놈이 울음을 터뜨리며 멀쩡한 앞발을 휙 하고 찔러 넣었다.

　"이크!"

　자운이 화들짝 놀라며 허공에서 몸을 회전시켰다. 그의 몸이 회전을 통해 힘을 얻고, 찔러오는 앞발을 피해낸다.

　거기서 그치는 것이 아니다.

　부드럽게 회전한 몸이 놈의 팔을 타고 들어갔다. 단번에 앞섶을 갈라내는 공격. 푸욱 하는 소리와 함께 놈의 가슴팍에 사선으로 피가 흘러내렸다.

　자운이 길게 내려 그은 것이다.

　"덩치가 거대해서 한 번에 잘리지 않으면 상처를 크게 내어버리면 그만이지."

　자운이 산불 맞은 멧돼지처럼 이리저리 뛰어다니며 놈을 공격하고 주변을 부쉈다. 발에 닿는 모든 것이 부서지는 게 꼭 그의 별호와 잘 어울리는 모습이라고 할 수 있었다.

　난신(亂神).

　어지러운 귀신. 그의 몸이 향하는 곳은 꼭 무언가가 부서지고 어지러워진다.

자운이 상처를 다시 한 번 길게 그려내었다.

크어어엉―

어깨에서 뱀으로 이어지는 하반신 직전까지 상처가 난 놈이 매섭게 울었다. 하지만 이전에 비해서 많이 약해진 것이 사실이다. 놈이 이백 년 이상 된 영물이라고는 하나 자운에 비하면 조족지혈이었다.

왼팔이 조금 불편했을 뿐이지 상대하지 못할 것도 없었다.

계속해서 상처를 입히자 놈의 움직임이 둔해지고 힘도 이전에 비해서 훨씬 떨어졌다. 자운이 만족스러운 듯 미소를 지었다.

"곧 죽을 놈이 울어봐야 하나도 안 무섭단다."

자운이 씨익 웃으며 놈을 향해 저벅저벅 걸어갔다. 이제 놈은 온몸에 입은 상처로 인해 운신조차 어려운 상황이었다.

손가락 하나 까딱하기 힘든 몸으로 놈이 계속해서 자운을 위협하듯 울었다.

쿠어어어어―

이런 놈의 목을 따는 것은 그리 어려운 일이 아니다. 자운의 황룡신검이 추켜올려진다.

곧 한줄기의 황금빛 강기가 자운의 검 위에서 타오르고, 자운이 놈을 내려다보았다.

"잘 먹을게."

푸욱—

자운의 검에 놈의 목이 허공을 날았다. 날아오른 목에서는 피가 분수처럼 솟구쳤다.

자운이 피를 피해 놈의 등에 올라탔다.

등을 갈라 해체를 하고 내단을 꺼낼 생각이었다.

푸욱 하고 껍질을 가른다. 자운의 검이 놈의 근육 결을 타고 막힘없이 들어갔다.

물론 검 위에 강기를 입히는 것은 잊지 않았다.

꼴에 영물이라고 검기로는 가죽에 생채기도 나지 않는다. 그러니 해체를 하려고 하면 어쩔 수 없이 강기를 입히는 수밖에 없었다.

자운이 쩝 하고 입맛을 다시며 황룡신검을 내려놓았다.

일반적으로 영물에게 있어 기운이 뭉치는 곳이 몇 곳 있는데 그중 한곳이 심장이다.

자운이 가른 부분은 바로 심장의 뒤쪽. 어느 정도 등이 갈라지자 자운이 양손으로 가죽을 잡았다.

가죽과 가죽 사이의 근육을 천천히 벌렸다.

우드득—

뼈가 뒤틀리는 소리가 나며 놈의 등이 쩍 벌어졌다. 그 속에는 아직도 뜨거워 보이는 심장이 들어 있었다.

화끈한 감각이 전해오는 것이 열양지기를 품은 영물이 분명했다.

"다행히 헛칼질 한 건 아니네."

자운이 만족스럽게 웃으며 놈의 심장 언저리를 더듬었다.

하나 원하던 촉감은 느껴지지 않고 근육과 힘줄만이 손에 잡힐 뿐이었다.

"어라? 심장이 아닌가?"

심장 다음으로 내단이 생기기 쉬운 곳은 바로 무인에게 있어 단전과 같은 곳, 배꼽의 아래쪽이다.

자운이 놈의 거대한 몸을 쪼르르 타고 넘었다.

이번에 자운이 향한 곳은 놈의 배꼽이 있는 부분이었다.

손에 들린 황룡신검이 다시 푸욱 파고들었다. 단번에 파고들어서는 살을 한 움큼 도려낸다.

자운이 도려낸 살 속으로 다시 손을 밀어 넣었다. 근육과 근육 사이로 손을 밀어 넣는 느낌이 그리 좋지만은 않았으나 대를 위해 소를 희생한다고 생각했다.

조금만 참으면 내단이 눈에 들어오는데 그깟 느낌이 무엇이라고 참지 못하겠는가.

아니나 다를까, 자운의 손을 타고 화끈한 감각이 전해졌다.

자운의 눈이 번득였다.

"있다, 있어."

입꼬리가 귀에 걸릴 듯 웃으며 자운이 손을 더욱 밀어 넣어 화끈한 감각이 느껴지게 하는 것을 움켜쥐었다.

손을 타고 전해지는 뜨뜻한 감각. 그리 크지는 않았으나 속에서 느껴지는 기운이 아주 알찬 것이 분명한 내단이었다.

자운이 히죽거리며 웃었다.

"으히히, 드디어 나왔구나."

둥근 것을 붙잡아 손을 뽑아내자 후끈한 열기가 밖으로 뻗어 나온다.

자운의 손에 들린 자그마한 구슬. 그 크기는 손톱의 절반 정도밖에 되지 않았으나 열기 하나만은 이것이 내단이라는 것을 반증해 주고 있었다.

"그렇게 크지는 않은데, 영단보다는 확실히 내단이 도움이 되지."

영단의 경우는 영초를 이리저리 섞고 배합해 만든 것이라 순수한 내단이나 영초에 비해서 한 수 접어주는 것이 사실이었다.

그것은 그들이 먹은 태청신단이라고 해도 다르지 않았다. 태청신단이 영단 중 상위에 속하는 것이라고는 하나 순수한 내단에 비해서 손색이 있는 것은 숨길 수 없다.

자운이 손에 들린 내단을 이리저리 주물거리다가 영물의 가죽을 벗겨 내단을 감쌌다.

그것을 품속에 챙겼다.

품속이 뜨끈한 것이 내단이 들어 있는 게 느껴진다. 자운이 그 뜨끈한 기운을 느끼며 만족스럽게 미소를 지었다.

이제 처리해야 할 것은 뒤에 있는 저 빙정이다.

자운이 고개를 휙 돌려 빙정을 향해 걸어갔다. 맹렬하게 회전하고 있는 빙정. 그 위로 알 수 없는 장치가 되어 있는 것으로 보아 자연적으로 만들어진 빙정이 아니라 무언가를 위해서 인위적으로 이곳에 둔 것인 듯했다.

자운이 빙정을 향해 손을 가져갔다.

"으아! 차가워!"

그리고는 곧바로 손을 물렸다. 빙정에서 나오는 기운이 심상치 않았기 때문이다. 거대한 자연의 빙기가 여과없이 뭉친 만큼 빙정이 가진 힘은 대단했다. 빙정에 가까이 다가갔던 자운의 소매가 얼어 있다.

영물의 속을 파헤치며 소매에 피가 범벅이 되었는데 그 피가 그대로 얼어붙어 버린 것이다.

자운이 자신의 소매를 한번 보더니 손가락으로 툭 건드렸다.

그 자리에서 유리조각처럼 깨지는 옷소매. 자운이 그것을 보고는 어깨를 으쓱하며 고개를 절레절레 흔들었다.

"맨손으로 만지면 엄청 차갑겠구만."

어쩐지 운수가 너무 좋더라니, 왜 내단을 얻어도 편히 돌아가질 못하니 그는 고개를 두리번거려 빙정을 만질 만한 것을 찾아보았다. 눈에 들어오는 것은 영물의 가죽뿐이다. 자운이 다시 몸을 움직여 영물을 향해 다가갔다.

그리고는 황룡신검을 이용해 내단을 쌌던 것과 비슷한 크기로 영물의 가죽을 잘라내었다.

"이 정도 크기면 충분하겠지?"

나름대로 고개를 끄덕이고는 그 가죽을 이용해 빙정을 덮어버렸다.

확실히 가죽을 이용해 냉기를 차단하자 한결 수월하게 빙정을 만질 수 있었다. 자운이 조심스럽게 빙정을 감싸 품속에 밀어 넣었다.

"자, 그럼 이제 돌아가 볼까?"

*   *   *

빙정이 사라지자 살판이 난 것은 설혜였다. 본래 설혜가 공격을 할 때마다 같은 양의 기운이 돌아오는 것은 빙정의 힘이었다. 빙정 역시 기관을 구성하고 있던 일부로서 그 힘을 이용해 절대고수의 힘을 받아치는 것이었다.

한데 자운이 빙정을 그 자리에서 뽑아버리자 설혜의 검을 막아낼 기운이 기관으로는 전혀 전달되지 않았다.

스윽—

검강에 닿은 기관장치가 여지없이 잘려 나간다.

쾅쾅쾅—

사방이 부서졌다.

가벼운 칼질이었음에도 불구하고 이전과는 달리 너무도 쉽게 부서진다.

설혜의 고개가 으쓱 움직였다. 갑작스럽게 줄어들어 버린 기관의 힘에 당황스러웠던 탓이다.

하지만 오래 고민할 필요는 없었다.

기관이 약해졌다면 그 약해진 틈을 타서 빠져나오면 그만이다.

쾅쾅—

설혜의 검이 미친 듯이 기관 사이를 누볐다.

이제 튕겨져 나오는 반발력도 없으니 갈라 버리고 베어버리면 그만인 기관이다.

쾅—

설혜가 검을 이용해 철저하게 기관 내부를 파괴하며 움직였다.

오는 공격은 모두 잘라 버렸고, 기관은 박살 내어 두 번 다시 활동할 수 없도록 만들었다. 사실 설혜도 이 기관이 마음에 들지 않았다.

자운처럼 티를 낸 것은 아니지만, 설곡의 곡주를 인정하는 데 시험을 치른다는 사실이 마음에 들지 않은 것은 그녀 역시 마찬가지였다.

그러니 손속에 자비가 있을 리 없었다.

모두 부숴 버릴 생각이었다.

두 번 다시 이런 발칙한(?) 생각을 할 수 없도록 말이다.

설혜의 내공이 그런 그녀의 의지를 받고 검을 타고 뻗어 나갔다.

콰과과과—

사방이 단번에 부서지며 얼어붙었다.

그녀의 움직임에는 거침이 없다.

오래지 않아 설혜의 발이 기관의 끝에 도달하고, 모든 기관이 동시에 작동을 멈추었다.

위이잉—

기관 끝에서 설혜가 가볍게 한숨을 내쉬었다.

"후우."

이것으로 천산설곡의 시험을 통과한 것이나 다름이 없었다.

구그그그궁—

들어올 때 본 것과 마찬가지로 육중한 문을 열고 나서자 설곡의 인물들이 기다리고 있었다. 그중 가장 먼저 눈에 들어오는 것은 천산설곡의 부곡주라고 할 수 있는 유월이었다.

유월이 설혜를 향해 다가와 고개를 숙였다.

"곡주를 뵙습니다."

그러자 천산설곡의 인물들이 그녀의 뒤를 따라 누가 먼저라고 할 것 없이 고개를 숙여 보였다.

"곡주를 뵙습니다."

"곡주를 뵙습니다."

설혜가 그들에게 아무런 말도 하지 않고 고개를 끄덕였다.

북해빙궁의 궁주가 된 것은 아니지만 빙궁의 전신 격이라고 할 수 있는 천산설곡의 곡주가 되었다. 문파를 재건하는 일이 생각보다 쉬워진 것이다.

그녀가 고개를 끄덕이며 고개를 돌렸다. 자운의 모습을 찾는 것이다.

하나 자운의 모습은 보이지 않았다.

설혜가 고개를 두리번거리고 있자 부곡주 유월이 다가와 물었다.

"찾으시는 분이 계십니까?"

설혜가 단답형으로 답했다.

"자운 오라버니."

무감각해 보이는 말투였으나 그를 찾고 있는 것만은 분명했다.

"잠시 다녀온다고 움직이더니 아직 돌아오지 않았습니다. 하지만 소문으로 들려오는 그의 일신의 무력이라면 천산에서 그를 어찌할 존재는 없을 것이라 생각됩니다."

설혜가 고개를 끄덕였다. 확실히 자운을 어찌할 수 있는 존재는 천산에 없다.

광활한 대자연을 제외하면 말이다.

자운이 출렁이는 눈 위를 보며 중얼거렸다.

"이런 시발."

지금 대자연의 재해가 자운을 덮치려 하는 중이었다.

자운이 출렁이는 눈 위에서 조용히 이를 갈았다.

"어쩐지 운수가 너무 좋더라니, 왜 내단을 얻어도 편히 돌아가질 못하니."

第二章 좋은 거, 좋은 약? 비싼 약으로 가져와 봐!

황룡난신

　자운의 몸이 동굴에서 높이 치솟았다. 허공답보였다. 그는 들어온 구멍으로 단번에 몸을 뺐다.
　눈밭 위에서 높이 솟구치는 자운의 몸이 아래로 풀썩 떨어졌다. 그의 품속에는 방금 얻은 내단과 빙정이 들어 있었다.
　자운이 만족스러운 표정을 지어 보이며 손가락 끝으로 내단과 빙정을 툭툭 두드리던 그때, 눈밭이 출렁였다.
　자운의 눈이 꿈틀 움직이고, 그의 귀에 특이한 소리가 들려온다.
　두두두두—

좋은 거, 좋은 약? 비싼 약으로 가져와 봐!

무언가가 무너지는 소리 같기도 하고 밀려오는 소리 같기도 했다.

저 멀리서 눈이 밀려오는 것이 보인다. 자운이 욕을 뱉었다.

"이런, 시발."

눈사태, 거대한 눈사태가 일어난 것이다. 사실 자운은 잘 알지 못했지만 천산설곡을 만든 이들은 빙정이 도둑맞는 것을 대비하기 위해 한 가지 장치를 해두었다. 빙정이 본래의 위치에서 빠져나오게 될 경우, 거대한 눈사태가 인위적으로 발생하는 기관을 설치해 둔 것이다.

그리고 기관에 대해서 잘 알지 못하는 자운이 빙정을 뽑아 버리자, 실제로 그런 일이 벌어졌다.

거대한 눈의 파도를 바라보는 자운의 눈이 흔들리고 얼굴이 파랗게 변했다.

"어쩐지 운수가 너무 좋더라니, 왜 내단을 얻어도 편히 돌아가질 못하니."

그리고 자운의 몸이 날았다.

천지가 흔들리는 듯한 굉음이 여러 번 울렸다. 눈사태가 밀려오며 모든 것을 쓸어내리는 중이었다.

"으아아아!"

자운이 비명을 질렀다.

그 와중에도 그의 다리는 쉬지 않고 움직였다. 전투로 지쳐 있어 느려질 법도 한데 전혀 속도가 떨어지지 않았다.

오히려 필생의 의지로 조금씩 더 빨라지고 있었다. 하지만 피로에 전 몸은 어쩔 수 없다.

지금이야 무지막지한 내력으로 피로를 억누르고 있지만, 언제 피로가 몸을 잠식할지 모를 일이었다. 하지만 지금은 사는 것이 먼저다.

눈사태는 계속해서 내려오고, 그 과정에서 많은 것을 쓸어버리며 힘을 불렸다.

하여 지금은 그 크기가 처음 자운의 눈에 띄었을 때보다 족히 배는 커진 상황이었다.

"걸음아, 내 다리야, 제발 나를 좀 살려다오!"

자운이 말이 통할 리가 없는 자신의 다리를 향해 애원했다.

두 다리로 달리다 못해 한 팔을 이용해 바닥을 때리기까지 하니 그 모습은 마치 세 발 달린 짐승이 부리나케 달리는 듯했다.

다른 한 팔은 부러진 상황이라 안타깝게도 어찌하지 못했다.

거대한 눈덩이 하나가 자운의 몸을 향해 날아왔다.

자운이 급하게 몸을 틀어 움직였다.

"크으."

자운이 신음을 흘렸다. 눈이 차가운 것은 둘째치더라도 눈뭉치 주제에 장난이 아니게 아팠다.

자운이 두 다리와 팔을 향해 공력을 밀어 넣었다.

그의 몸이 껑충껑충 난다.

허공답보를 펼치면 잠시간은 눈사태에서 벗어날 수 있을 것이 분명했다.

하지만 무한정으로 허공답보를 펼칠 수는 없는 노릇이고, 또한 오랜 시간 펼치게 되면 내공의 고갈이 더욱 빨라지게 된다.

그 상황에서 추락이라도 하게 되어 눈사태에 휩쓸리면 답도 없게 되는 것이다.

자운의 몸이 한 번에 일 장씩 획획 날았다.

하지만 눈사태가 쫓아오는 속도도 그 못지않게 빨랐다.

그의 몸 위로 계속해서 눈뭉치가 떨어져 내린다.

눈뭉치에 머리도 맞고 몸도 맞고 다리도 맞았다.

머리가 띵하기까지 하다.

하시민 지금 어기서 머뭇거리다가는 눈 속에 파묻혀서 얼음 조각이 될 수 있다는 상상이 자운의 머릿속에 차올랐다.

그러자 몸이 더 빨리 움직였다.

"으다다다다다!"

달리던 자운이 비명을 내질렀다. 뒤를 바라보자 거대한 얼음 절벽이 무너져 내리고 있었다.

그 과정에서 어지간한 바윗덩어리보다 거대한 얼음이 눈사태 속으로 섞여들었다.

저런 것에 맞는 순간 뼈가 부러지는 정도로는 그치지 않을 것이다.

살이 찢어지고 벗겨질 것이 분명했다.

자칫 얼음의 날카로운 부분에 찔리기라도 한다면 얼음 꼬챙이에 꿰어진 고기 신세를 면하지 못할 것이다.

자운이 죽어라 땅을 때렸다.

목숨 걸고 내공을 움직이니 수발이 더 빨라졌다.

하지만 눈사태는 그 세를 불려 내리막길을 내려오는 중이라 속도가 더 빨랐다. 자운의 머리 위로 눈이 떨어져 내리고, 그가 휙휙 몸을 움직여 얼음을 피해내었다.

떨어지는 얼음을 도저히 피하지 못할 것 같으면 무지막지하게 내력을 끌어올려 부숴 버렸다.

쾅—

자운의 손에서 거대한 얼음이 박살이 난다.

"제기랄! 빌어먹을! 시발! 개자식!! 히익!"

자운의 입에서 온갖 욕이 다 튀어나왔다. 침을 튀며 욕을 하는 자운이 기겁을 하며 뛰었다.

방금 전까지 그가 서 있던 자리로 거대한 얼음이 박혀들었다.

일단 하늘로 솟구쳐 위협을 피해내었지만 그뿐이다. 안타깝게도 그 이상은 없었다.

그의 몸이 다시 추락하고 있었던 것이다.

자운의 머리가 맹렬하게 회전했다.

'허공답보를 써야 하나?'

하지만 그러면 내공 소모가 너무 심하다.

일단은 경신술을 펼쳐 몸을 가볍게 만들었다. 체공 시간이 늘어나며 떨어지는 속도가 비약적으로 줄어들었다.

몸이 연처럼 가벼워지자 자운이 바람을 탔다.

허공답보에 비할 바는 못 되지만 당분간은 버틸 수 있을 것이다. 하지만 이도 오래가지는 못한다.

그의 몸이 서서히 아래로 내려가고 있는 것이 그 이유다.

결국 자운의 몸이 빠르게 흘러내리는 눈더미 위로 떨어져 내렸다.

몸이 흐르는 눈 위에 닿는 순간, 자운이 빠르게 발을 굴렀다.

엄청난 내력으로 인해 쾅 하는 소리와 함께 눈이 튕겨져 나갔다.

튕겨져 나간 것은 비단 눈만이 아니었다. 그의 몸 역시 튕겨져 나간다.

눈이 먼지구름처럼 솟아오르고, 반탄력으로 허공으로 뛰어오른 자운이 입술을 잘근잘근 씹었다.

'아, 젠장! 정말 지지리도 운수가 좋구나!'

물론 현재 상황에 대한 반어법이었다. 제 버릇 개 못 준다고, 자운은 지금 이 상황에도 빈정거리고 있었다.

'내가 자연경에 오르기만 했어도 이따위 눈은 전부 내가 지휘하는 건데.'

그럴 리 없는 생각을 자운이 푸념하듯 내뱉었다. 자연경이라니, 그 따위는 들어보지도 못한 우주적 경지가 아닌가?

그야말로 천하제일, 우주무적의 경지. 인간으로서는 절대로 실현이 불가능한, 소설 속에도 나오지 않는 경지가 자연경이다.

"에잇, 집어치워!"

지금은 일단 이 상황에서 살아남는 것이 먼저였다.

숱하게 위기를 넘겼다. 숨을 쉬듯 위기가 찾아오고 물러갔다.

무공을 익히지 않았다면, 아니, 자운이 아니었다면 이미 몸이 수십 번은 더 눈 속에 파묻혔을 것이고, 수백 번은 더 얼음 조각에 몸이 난도질되었을 것이다.

하나 그는 자운이었다.

절대고수 자운은 이런 곳에서 죽을 정도로 약하지 않았다.

몇 번을 더 쏟아지는 눈 위를 이리저리 뛰어다녔다.

실수로라도 휩쓸리면 끝이다.

그것을 잘 알고 있기에 자운이 긴장감을 팽팽하게 유지했다. 온몸을 타고 긴장감이 흐르는 바람에 기혈과 혈관이 모두 터져 버릴 듯 팽창과 수축을 반복했다.

'아이고, 죽겠다.'

푸념을 해도 변하지 않는 상황이 정말로 짜증나기 그지없다.

내공을 다시 왼다리에 집중시켰다.

눈은 계속해서 밀려 내려오며 미친 듯이 소용돌이 치고 있었다. 이리저리 산의 지형에 휩쓸리며 그 모양이 괴기하게 변해간다. 종국에는 이게 눈사태인지 눈 소용돌이인지 알 수 없는 모양으로 눈이 쓸려 내려갔다.

"하아, 죽겠네."

자운이 몸을 날리며 고개를 이리저리 움직였다. 몸을 잠시나마 쉬게 할 곳이 있다면 호흡이라도 고를 텐데 그것도 여의치 않았다.

한참 몸을 튕기며 이리저리 살피던 그의 눈에 조금은 평평해 보여 올라탈 수 있을 것만 같은 얼음 조각이 들어왔다.

물론 얼음 조각의 특성상 매우 미끄럽기 그지없어 올라타는 것은 위험했다. 하지만 지금은 찬밥, 더운밥을 가릴 처지가 아니었다.

자운의 몸이 솟구쳤다.

훌쩍 날아오른 자운의 두 다리에 기운이 단단히 모인다.

세밀하게 조절해야 한다.

너무 과하면 발판이 되어야 할 얼음이 박살 날 것이고, 부족하면 얼음에서 미끄러질 것이다. 두 다리가 단단히 얼음 속을 파고들 정도만 되면 충분했다.

쿵—

자운이 얼음 위에 내려섰다.

"됐다!"

자운이 쾌재를 불렀다.

두 다리가 선명한 족적을 남기며 얼음을 파고든 것이다. 단단히 고정된 다리를 보며 자운이 흡족한 미소를 지었다.

그 자세로 자운이 쓸려 내려오는 눈사태를 탔다. 마치 거대한 파도 속을 나무판자 하나에 의지해 내려오는 듯한 모습이었다.

자운이 다리를 틀었다. 두 다리를 틀며 몸을 휙 하고 숙이자 얼음 역시 궤도를 바꾼다.

그리고 얼음이 부드러운 곡선을 그리기 시작했다.

얼음을 타고 얼음을 움직여 흘러내리는 눈 위를 타고 내려오는 것이다.

"아, 이제 좀 살 것 같… 시발!"

숨을 고르던 자운이 다시 욕을 내뱉었다.

뒤를 돌아보자 거대한 눈의 파도가 자운을 당장에라도 집어삼킬 듯 아가리를 벌리고 있었던 것이다. 자운이 욕설과 함께 얼음에서 두 다리를 뺐다.

쾅—

자운의 발이 빠져나오자 얼음은 그 자리에서 산산이 부서졌다. 거기에는 미련도 없다는 듯 자운이 몸을 움직였다.

그 과정에서 얼음 조각에 부러진 왼팔이 긁히고, 살이 찢어지는 고통이 밀려왔다.

"아아아, 젠장! 이 박복한 놈아!"

자운은 현재 자신의 처지에 대해서 푸념했다.

이백 년 만에 죽지도 않고 살아났다 싶었는데 이 자리에서 죽는 건 아닌지 싶었다.

하지만 이대로 죽을 수는 없다.

자운이 단전을 자극했다.

내공을 끌어올리려는 것이 아니다. 거대한 내공의 호수, 기의 바다 속에 사는 용을 끌어올리려는 것이다.

자운의 부름을 받은 두 마리의 황룡이 울었다.

우우우우우—

불쑥 치솟는 황룡, 두 마리의 황룡이 자운의 몸을 휘감는다.

호룡과 패룡이 각기 울음을 터뜨렸다.

자운이 패룡을 움직였다.

콰우우우—

이름처럼 호전적인 울음을 터뜨린 패룡이 긴 몸뚱어리를 꿈틀거리며 눈의 파도를 향해 질주했다.

단번에 눈의 파도를 씹어 먹을 듯 아가리를 벌리는 패룡. 자운이 패룡을 향해 보내는 기운을 더욱 높인 후에 단단하게 호룡으로 몸을 감쌌다.

"자연이라고 해도 넘어주마!!"

호기로운 자운의 외침과 함께 패룡과 눈사태가 충돌했다.

눈의 파도가 한순간 출렁하고 움직이며 자운의 몸이 호룡과 함께 움직였다.

출렁한 틈을 타 단단한 호룡으로 몸을 휘감은 자운이 육탄으로 눈사태에 부딪쳐 나갔다.

쾅—

눈사태에 구멍이 뚫렸다.

그리고 그 속으로 자운이 빠져나왔다. 이제 하나 빠져나왔다. 아직도 눈의 파도는 셀 수 없이 많이 남아 있다.

"계속 끝까지 한번 가보자!"

마음을 급하게 먹어서 될 것은 없다. 계속해서 눈을 피해서 도망치기만 한다면 천산의 가장 아래쪽까지 내려가게 될지도 모른다.

그럴 바에는 온 힘을 다해 눈사태를 견뎌내겠다.

자운이 두 다리에 힘을 주고 밀려 내려오는 눈 사이로 다리를 박아 넣었다.

눈의 압력이 강해 천근추의 수법을 펼쳐 휩쓸려 내려가지 않게 단단히 고정했다.

그의 두 눈에 또 다른 눈의 파도가 비추어졌다.

호룡과 패룡이 주인의 신호라도 받은 듯 자세를 잡았다.

호룡은 마치 갑옷처럼 자운의 몸을 줄줄이 휘감았고, 패룡이 울음을 터뜨리며 눈의 파도와 부딪쳤다.

쾅―

한 번.

이번의 파도는 이전보다 더욱 거대한 듯 한 번으로는 뚫리지 않는다.

"한 번으로 안 된다면!!"

계속해서 후려치면 그만이다! 한 번으로 안 되면 열 번, 열 번으로 안 되면 백 번이고 후려친다!

패룡이 계속해서 몸을 들이박았다.

쾅 하는 소리와 함께 눈이 들썩이고, 세 번째의 충돌에서 눈 벽에 구멍이 났다. 자운이 경신술과 보법을 동시에 뿌려대며 그 사이를 넘었다.

얼음 조각들이 자운을 때렸으나 금강불괴에 비견된다는 호룡의 벽을 넘지는 못했다.

"젠장! 하니까 되네!"

문제가 있다면 내공 소모가 기하급수적이라는 사실. 하지만 한 가닥 희망이 잡혔다.

이대로 죽을 수는 없다.

대사형이 남긴 무공과 스승의 무덤 앞에서 약속하지 않았던가, 황룡문을 최고로 만들겠다고.

아직 최고가 되지 못했으니 이대로 끝날 수는 없다. 여기서 죽으면 저승에서 영감탱이가 대사형과 함께 비웃을 것이 분명했다.

자운의 입꼬리가 씨익 올라갔다.

"될 일도 없지만 죽는 한이 있어도 그 꼴은 못 보지."

어디서 솟구친 것인지 알 수 없는 힘이 자운의 몸속에서 솟구쳤다.

호룡과 패룡이 그 힘을 받고 연달아 울음을 길게 터뜨린다.

우우우우우—

그 두 마리 용을 바라보며 자운이 호기롭게 소리쳤다.

"끝까지 가보자!!"

좋은 거, 좋은 약? 비싼 약으로 가져와 봐! 43

그의 앞에는 아직도 눈의 파도가 십여 개도 넘게 남아 있었다.

거친 눈 속을 헤치고 나온 자운이 헉헉거리며 숨을 몰아쉬었다. 그의 뒤로는 눈에 쓸려 내려가 버린 천산의 어느 봉우리의 모습이 펼쳐지고 있었다.

어느 것 하나 정상인 것이 없다. 바위는 눈에 휩쓸려 뿌리째로 뽑혀 나온 것도 있었고, 나무는 뒤집어져 뿌리가 하늘로 향하고 있는 것도 있었다. 그리고 그 위로 길게 피가 이어져 있었다.

자운의 왼팔에서 뿜어진 피였다.

아무리 자운이라고 할지라도 자연재해라 할 수 있는 눈사태 속에서 온전한 것은 무리였다.

부러진 왼팔이 길게 찢어져 피가 흐르고 있다. 뼈가 보일 정도의 상처. 자운이 이를 으득 악물었다.

그는 입고 있는 옷을 찢어 지혈과 동시에 붕대처럼 칭칭 감았다.

제대로 된 치료를 받아야 하겠지만 지금 당장은 이 방법이 최선이다.

자운이 헉헉거리는 숨을 조금이나마 고른 후에 방향을 잡았다.

그가 향하는 곳, 천산설곡이 있는 방향이었다.

*   *   *

온몸이 상처투성이가 되어 돌아온 자운을 보고 설혜와 설곡의 사람들은 매우 놀랐다.

자운 정도 되는 고수가 온몸이 넝마가 된 채로 돌아오자 적이라도 나타난 줄 알았던 것이다.

현재 무림에는 적성이라는 단체가 흉명을 떨치고 있는 중이었다. 그리고 자운을 저리 만들 수 있는 이들이 적성에는 아직 무려 여섯이나 남아 있었다.

둘이 자운의 손에 생을 마감하기는 하였으나, 칠적이 아직 다섯이나 남았다.

또한 적성의 주인이라 할 수 있는 일성이라면 자운과 능히 만여 합을 겨룰 만한 이다.

그런 적성이 천산설곡의 근처까지 왔을지도 모른다는 생각에 설곡의 사람들이 긴장했다.

하지만 그 걱정은 기우였다. 자운이 어색하게 웃으며 뱉어 놓은 말 때문이었다.

"눈사태에 휩쓸려 죽을 뻔했네. 혹시 몸에 좋은 약 있어? 있으면 좀 가지고 와."

긴장을 여지없이 탁 풀어버리는 자운의 말에 설곡 사람들이 길게 안도의 한숨을 내쉬었다.

물론 설혜만은 예외였다.

설혜는 적성이 쳐들어오든 말든 상관이 없다. 칠적 정도라면 그녀 혼자서도 능히 막아낼 수 있다. 그녀 역시 절대의 반열에 오른 고수가 아니던가?

지금 그녀가 걱정하는 것은 길게 찢어져 피로 축축하게 적셔져 있는 자운의 왼팔이었다.

그녀는 일전에 자운의 왼팔이 부러졌던 사실을 알고 있다. 근데 그 팔의 뼈가 채 아물기도 전에 다시 상처를 입은 것이다.

그녀가 자운의 왼팔을 잡으며 말했다.

"피. 나."

한 글자씩 뚝뚝 끊는 설혜의 말. 얼핏 들으면 무감각해 보일 수 있는 말이었으나, 오랜 시간 설혜를 알아온 자운은 그 속에 담긴 걱정을 느낄 수 있었다.

자운이 온전한 손으로 설혜의 머리를 쓸어내리며 말했다.

"죽을 정도로 아픈 거 아니니까 걱정할 필요는 없다."

설혜가 자운의 팔을 꽉 움켜쥐었다.

자운이 죽어라 비명을 질렀다.

"으아아악! 그렇게 꽉 쥐니까 죽을 만큼 아파! 아프니까 좀 약이라도 가져와 봐. 좋은 거, 좋은 약? 비싼 약으로 가져와 봐!"

자운이 비명을 내지르며 소리친다. 설혜가 당장에 뒤를 돌아보았다.

천산설곡의 부곡주인 유월이 설혜의 눈빛을 받고는 사람을 불렀다.

의원이든 약이든 무언가를 불러오거나 데려오라고 한 것은 분명했다.

유월의 명을 받은 사람이 움직이자 자운이 그 자리에 벌렁 드러누웠다.

하늘과 가까운 천산의 대지가 느껴진다.

차갑기 그지없는 눈의 대지, 자운이 큰 대(大) 자로 뻗으며 중얼거렸다.

"아이고, 죽겠다."

정말로 온 삭신이 쑤시는 게 죽을 만큼 아팠다.

"나도 늙었는가 보다."

옆에서 지켜보던 설혜가 다른 이에게는 들리지 않게 중얼거렸다.

"이백스물아홉 살."

자운이 맞받아쳤다.

"시끄러, 할망구야! 같이 늙어가는 처지에."

설혜가 발끝으로 자운의 왼팔을 꾸욱 눌렀다.

"으아아악! 피, 피 난다! 그러지 마라!!"

먼저 뼈가 보일 정도로 파인 상처를 지혈하고 약을 발랐다. 그리고는 상처가 어긋나지 않도록 단단히 묶었고, 부러진 뼈가 채 아물지 않았기 때문에 그것을 고정하기 위한 부목을 댔다.

그리고 깨끗한 천으로 둘둘 감자 그럭저럭 견딜 만하다.

물론 시큰거리는 고통만은 가신 것이 아니라서 무리하게 움직이면 욱신거리기는 했다. 하지만 치료를 하지 않은 것에 비해서는 훨씬 편했다.

자운이 포옥 한숨을 내쉬었다.

"하아, 살겠다."

자운의 맞은편에는 설혜가 자운의 왼팔을 계속해서 바라보며 앉아 있었다. 다행히 기관을 통과하고 나와 천산설곡의 곡주로 인정을 받은 모양이다. 자운이 피식 웃었다.

"누구는 문파 부흥시킨다고 죽어라 뛰어다녔는데, 누구는 한 방에 성공하네. 아이고, 서러워라."

그 말에 설혜가 답했다.

"평소. 말 곱게 써. 하늘. 벌주는 거야."

"생각보다 그렇게 지은 죄 많이 없거든. 입이 걸걸하긴 하지만 그건 내 종 특성이라고. 생각하고 이해해 달라고."

살 만한지 자운이 농을 던졌다. 그러며 움직일 수 있는 오른팔을 자신의 품속으로 집어넣었다.

가슴팍으로 쑤욱 손을 밀어 넣은 자운이 품속에서 털 뭉치 하나를 꺼내 들었다.

털 뭉치가 아니다.

털가죽으로 싸여 있는 빙정이었다.

자운이 천천히 털가죽을 풀었다. 빙정이 밖으로 나오는 순간, 주변에 차가운 기운이 퍼졌다.

자운이 툭 빙정을 탁자 위에 올려놓는다.

쩌저적—

가볍게 살얼음이 내려앉는 탁자 위. 꺼내놓는 것만으로도 주변의 온도가 내려갈 정도로 차가운 빙정을 설혜가 바라보았다.

"빙정?"

자운이 고개를 끄덕인다.

"물론 천 년 자연산 알짜배기 빙정이다."

"주는 거야?"

자운이 고개를 끄덕였다.

"가지고 있어봐야 필요도 없거든. 먹지도 못하는 거, 팔아서 땡처리 할 수도 있지만, 빙정을 사가는 사람이라고 해봐야 어차피 빙공을 익힌 곳밖에 더 있겠냐. 지금 빙공 익힌 곳 중에서 이 정도 크기의 빙정을 사갈 재력이 있는 문파는 없지. 천산설곡은 내가 재력을 잘 모르니 뭐라 말 못하겠다만."

설혜가 그것을 넙죽 받아 챙겼다.
"받을게. 어떻게?"
"어떻게 구했냐고?"
자운이 머리를 긁적였다.
딱히 어떻게 구했냐고 물어보면 이것 말고는 해줄 이야기가 없다.
"얼떨결에 주웠어."
"……?"
딱히 틀린 말은 아니다. 자신이 빙정을 찾기 위해 온 천산을 쏘다닌 것도 아닐뿐더러, 영물과 함께 발견한 것인데 영물을 죽인 후에 함께 가지고 온 것뿐이었다.
말을 하자면, 꿩을 잡아 배를 갈랐더니 그 안에 알이 들어 있는 것과 별 차이 없는 일인 것이다.
자운이 거기다가 한마디 덧붙였다.
"그거 줍고 나서 대자연과 혈투를 벌였지."
더 이상 오가는 말은 없었다.

第三章 아니 내가 이겨

황룡난신

"후욱! 후욱!"

우천이 거친 숨을 몰아쉬며 뒤를 돌아보았다. 벌써 오주야째 이어지는 격전은 그야말로 온몸에 힘이 빠지게 만들었다.

육 일이라는 시간 동안 재대로 잠들었던 적도 없다. 그의 옆에서는 황룡문의 문주라고 할 수 있는 운산이 서 있었고, 그 뒤로는 적습을 막아내느라 지친 황룡문의 문도들이 가쁜 숨을 몰아쉬고 있었다.

사건의 발단은 육 일 전이었다.

주변의 흑도 문파가 황룡문에 검을 들이민 것이다.

사실 규모가 이전에 비해서 상당히 거대해진 황룡문에서 흑도 문파 하나둘 막아내지 못할 이유는 없었다.

이전에 비해서 사람 수도 늘었을 뿐만 아니라 질적으로도 고수들이 늘어났기 때문이다.

하지만 한 손으로 열 손을 가릴 수는 없다고 하던가?

황룡문에 검을 들이민 흑도 문파는 하나가 아니었다.

여러 개의 흑도 문파가 규합하여 황룡문을 향해 검을 뽑아 든 것이다. 개중에는 검기를 구사할 정도의 고수도 있었다.

그 이상의 고수들은 없는 것인지 나서지 않는 것인지 모습을 쉬이 드러내지 않았으나, 그 정도만 된다 하더라도 자운이 없는 황룡문에는 충분히 위협적인 실력이었다.

운산이 살아남은 제자들을 향해 외쳤다.

"천산설곡에 전서구를 보냈습니다! 아마 조만간 대사형께서 돌아오실 겁니다! 그때까지만 버티도록 합시다!"

그렇게 외치기는 했는데, 당장에 또 몰려오는 적들이 문제다.

이번에 몰려오는 이들의 숫자는 약 쉰 정도. 운산이 제자들의 숫자를 확인했다.

아직 여든 명 정도가 살아남아 있기는 하지만, 저들과 충돌한 후에는 또 몇 명이나 남아 있을지 알 수 없다.

누군가가 황룡문의 담을 넘었다.

경신술로 담벽을 박차고 날아오른 것이다. 운산이 놈을 향해 튀어나갔다.

지룡천보행이 펼쳐졌다.

사방의 기운이 운산의 아래에 모여든다. 그가 온몸의 내공을 폭발시켰다.

그의 눈으로 강력한 기세가 피어올랐다.

검이 연달아 허공을 갈랐다.

파바밧—

허공 갈라지는 소리가 계속해서 울리며 검격이 뿌려진다.

슈우우—

날아든 검풍이 단번에 담벼락을 타고 넘은 이를 향했다.

푸확—

피가 사방으로 뿌려지고, 놈이 세 조각으로 썰려 바닥으로 떨어져 내렸다.

육 일에 달하는 시간 동안 쉬지 않고 싸움을 거치면서 운산의 검은 더욱 날카로워졌다.

그것은 운산만이 아니었다.

우천의 검 역시 이전과는 비교할 수 없을 정도로 날카로워졌다.

매서운 검기가 검 위에서 꿈틀거렸다.

황룡검탄을 날리려는 것인데, 실력이 모자라 강기를 구현

할 수 없으니 검기로 대체했다.

꿈틀거리는 검기가 우천의 검에서 쏘아진다.

쐐애액—

단번에 날아든 검기는 문을 부수고 들어오는 적의 심장을 꿰뚫었다.

적이 죽은 것은 확인도 하지 않고 우천과 운산이 내달렸다.

"우아아아아악!"

황룡문의 문도들이 악을 쓰며 그들의 뒤를 따랐다. 어떻게 되든 자운이 돌아올 때까지는 버텨야 하는 것이다.

운산이 적들 사이로 녹아들었다.

종횡무진 베고 때론 피하기도 하며 적 사이를 누비고 다녔다.

파앙—

운산의 검이 튕겨져 나왔다.

검이 회전을 거듭하며 다시 운산의 앞으로 돌아왔다. 눈썹을 꿈틀거리며 운산은 자신의 검을 막아낸 이를 확인했다.

기다란 창을 사용하는 인물이었는데, 입가에는 세로로 쭈욱 찢어진 흉측한 상처가 난 이다.

그가 가래가 끓어오르는 듯한 웃음을 흘렸다.

"으흐흐, 황금 다섯 냥짜리 목이군."

운산이 흠칫한다. 흑도 문파들은 어느새 자신들의 목에 상금까지 걸면서 조롱하고 있는 것이다.

운산이 이를 으득 악물었다.

그의 머릿속으로 자운이 떠올랐다. 자운이라면 어떻게 할까?

'대사형이라면……'

아마도 이죽거릴 것이다.

"내 목에 고작 황금 다섯 냥이라니, 너무 싼 거 아냐?"

괜히 없는 여유도 있는 척 과대 포장했다.

왜 자운이 싸우면서 여유를 잃지 않으려 했는지 절실히 느껴진다.

"글쎄? 흐흐. 확실한 것은 너는 내 손에 죽는다는 거다!"

놈의 창이 빠르게 쏘아졌다.

회전까지 가미된 창의 움직임은 그야말로 한 발의 쏘아진 화살과 같다.

"크윽."

운산이 신음을 흘리며 몸을 비틀었다. 최선을 다해서 비틀어야 한다.

그의 볼을 창이 스치고 지나갔다.

파샷—

옅게 상처가 생기며 피가 흘러내렸다. 신경을 쓸 정도는 아니었으나 완전히 피해내지 못했다는 사실이 마음에 걸렸다.

아니, 내가 이겨

"나는 귀혼객(鬼魂客) 우무청이다. 내 이름을 들어본 적이 있느냐?"

귀혼객이라고 한다면 근처 사파에서 꽤 이름을 날리는 고수다. 당연히 그는 이름을 들어본 적이 있었다.

하지만 못 들은 척했다.

"아니. 못 들어본 걸 보니 이제 갓 강호에 나와서 본인이 직접 지은 무림명인가 보군."

운산의 말에 귀혼객이 발끈했다.

그의 근육이 연달아 팽창과 수축을 반복했다.

놈이 손을 뻗었다.

운산의 몸이 흐릿하게 흔들리며 낮게 바닥을 스쳤다.

철판교의 수법. 눈 바로 위로 놈의 창이 지나간다. 한 치만 높았더라면 코를 베일 뻔했다.

운산의 몸이 용수철처럼 튕기듯 제자리로 돌아왔다.

그리고는 빠르게 검을 휘두르며 바닥을 밟았다. 묵직하게 이어지는 보법 때문인지 흙바닥에 선명하게 족적이 남았다.

이어지는 것은 무게를 실은 가로 베기. 횡으로 베는 운산의 검에 망설임이란 없었다.

자운에게 배우지 않았던가.

무림에서 살아남기 위해서는 맹수가 되어야 한다.

적을 위압할 정도의 맹수가 말이다. 최대한 크고, 최대한 강하게 보여야 하는 것이다.

그래야 절대로 잡아먹히지 않을 수 있다.

캉— 캉—

검과 창이 연달아 여러 번 충돌했다. 그 수는 십여 합이 넘어갔다.

충돌이 오가는 동안, 운산은 빠르게 눈을 굴려 전장을 살폈다. 확실히 황룡문도의 숫자가 조금 더 많았기 때문에 전장을 압도하는 것은 그들이었다.

한 명에게 두셋이 달라붙는 경우도 있어 적을 제압하는 것은 어렵지 않았다.

사제인 우천 역시 검을 들고 적 사이를 누비고 있었다.

운산이 다시 눈앞의 적을 노려보았다.

귀혼객 우무청.

'일단은 이자를 제압해야겠군.'

대충 살펴보니 이번에 들어온 자들 중에 가장 고수가 이자다. 이자를 제압하면 나머지는 어렵지 않게 제압할 수 있을 것이다.

파라락—

그의 검이 춤을 추었다.

단번에 검기 다발이 일어나고, 귀혼객의 창을 때렸다.

창과 검이 연달아 충돌하고, 귀혼객의 창날에서 기다란 창기가 일어나며 운산의 검기를 효과적으로 막아낸다.

원을 그리듯 회전하는 창과 검이 얽혀들었다.

따다다당—

대장간에서 들릴 법한 소리와 함께 검기와 창기의 충돌로 불꽃이 튀었다.

파바밧—

운산이 보법을 묵직하게 하고 무게중심을 앞으로 몰았다. 그의 다리 가득 모인 힘이 팔을 타고 흘러 검으로 향했다.

묵직하게 뻗어나는 검, 검이 창을 누른다.

카라락 하고 듣기 거북한 소리와 함께 창이 맹렬하게 회전했다.

그 회전에 묵직하게 창신을 누르던 운산의 검이 튕겨져 나갔다.

힘의 반동 때문인지 운산의 신형이 비틀거리며 뒤로 물러섰다.

운산이 흔들리자 귀혼객이 단번에 젖히고 들어왔다. 거대한 창을 앞세운 저돌적인 움직임. 그 모습은 흡사 멧돼지가 이를 앞세우고 달려드는 듯했다.

'용린벽!'

운산이 온 힘을 칼끝에 집중했다. 그리고는 사력을 다해 용린벽의 초식을 그려낸다.

자극된 단전에서는 힘이 끓어오르고, 그 힘이 수증기처럼 뿜어지며 용린벽의 초식에 맞추어진다.
 콰앙—
 용린벽과 충돌한 귀혼객의 몸이 휘청한다.
 하지만 완전하지 못한 용린벽이었던 탓인지 그 적은 충격만으로도 단번에 부서져 버리고 만다.
 '대사형의 용린벽은 완벽했다.'
 세차게 강기로 두드려도 부서지지 않는 것이 자운의 용린벽이었다.
 한데 운산 그 스스로가 펼쳐 낸 용린벽은 육탄 공격에 막혀 버린 것이다.
 '이래선 안 돼.'
 운산이 마음을 다잡을 때, 신형을 회복한 귀혼객이 냅다 창을 찔러들어 왔다.
 쑤욱 허공을 밀어내는 창법이 귀혼객의 손에서 펼쳐진다.
 "다시 막아낸다!"
 운산이 기세 좋게 기합을 불어넣으며 양손에 힘을 가득 모았다. 두 손 가득 뻗어 나간 진기가 손바닥에서 뭉쳐지고, 운산이 바닥에 칼을 박아 넣었다.
 푸욱—
 그가 쌍장을 교차하여 뻗어낸다.

황룡문의 장법!

풍룡신탄이 펼쳐진 것이다.

물론 자운이 펼친 풍룡신탄처럼 거대한 와류를 형성하며 용권풍을 이룬 것은 아니다.

그것보다는 못했지만, 눈에 보일 정도로 선명하게 모여든 바람이 내공을 품고 날아갔다.

펑펑—

날아간 바람은 귀혼객의 창과 충돌해서 폭발하고, 그 때문인지 귀혼객이 움찔움찔했다.

그 틈을 노리고 운산이 대번에 검을 뽑아 들었다.

"치잇! 이놈이 약은 수를 쓰는구나."

풍룡신탄 때문에 흙먼지가 날리며 눈앞이 가려진다. 그것을 보고는 귀혼객이 두 손에 잡은 창을 이용해 바람을 불러왔다.

위위위윙—

창이 맹렬하게 회전하며 바람을 불러오고, 불어온 바람이 창을 쫓으며 먼지를 몰아내었다.

하지만 운산의 신형은 이미 정면에 없다.

운산이 빙글 돌아 귀혼객의 뒤로 향한 것이다. 귀혼객이 뒤를 쳐다보지도 않고 기다란 창대를 이용해 휘저었다.

까앙—

그 공격에 휘말린 운산이 검으로 창대를 막아내며 물러섰다.

"흐흐흐, 네까짓 게 머리를 써봐야 그 정도지."

운산이 뒤로 물러서는 틈을 타서 놈이 몸을 돌렸다.

그의 창이 일곱 갈래로 갈라지며 찔러들어 온다.

칠독사창(七毒蛇槍).

모두가 먹이를 탐하는 독사와 같이 휘어지며 들어온다. 창 끝은 지독한 독을 품고 있는 독사의 어금니마냥 매섭게 빛났다.

'막아낼 수 있을까?'

피하기에는 범위가 너무 넓었다. 단 한 번에 일곱 곳을 공격하는 창법을 지금 운산의 보법으로 피해낸다는 것은 무리였다.

거기다 용린벽은 단순한 육탄 돌격에도 깨어진 바가 있다. 그런데 저런 고급의 창술을 막아낼 수 있을지는 의문이다.

운산의 머릿속에 경종이 울렸다.

지금 당장 수를 쓰지 않으면 위험할 것이다.

'막아낸다.'

운산이 의지를 굳혔다.

굳혀진 의지는 온몸을 순회하여 단전으로 향하고, 단전이 내공을 일깨운다.

심장 박동 소리가 거세지고, 고동이 점차 커졌다.

그리고 단전에서 솟구친 내력이 운산의 두 팔로 향했다.

태청신단인지 태청신떡인지 알 수 없는 것을 먹은 덕분에 내공이 급격하게 향상되었다.

그래서인지 어지간히 싸워도 내공이 부족한 것을 느끼지 못할 정도다.

"하압!"

운산이 기합성을 터뜨렸다. 그의 검이 용린벽의 초식을 그려낸다.

거북의 등껍질처럼 용의 비늘이 촘촘히 생겨난 용린벽이 칠독사창과 충돌했다.

쾅—

첫 번째 충돌, 그 충돌에도 용린벽은 굳건하게 버티고서 운산을 지켜주었다.

이윽고 두 번째 충돌이 이어졌다.

쾅—

이번에도 역시 용린벽은 굳건하게 운산의 앞을 막아내고 있었다. 운산의 의지가 전해진 용린벽이다. 그리 쉽게 부서질 리가 없다.

이어진 세 번째와 네 번째 역시 어렵지 않게 막아낼 수 있었다.

쾅— 쾅—

문제가 생긴 것은 다섯 번째였다. 아무리 강한 의지를 품고 내공을 움직여 세운 용린벽이라고는 하지만 아직 미숙하다.

쾅—

폭음과 함께 용린벽이 살짝 떨렸다. 이어지는 공격을 막을 수 있을까?

운산의 머릿속에서 의문이 들었다.

'약해져서는 안 된다.'

하지만 곧 운산은 약해지려는 마음을 스스로 다잡았다.

견뎌낼 수 있다. 견뎌내고 버텨야만 다음 공격의 기회를 잡을 수 있을 것이다.

운산이 온 힘을 다해 용린벽에 의지를 집중했다.

쾅—

여섯 번째 공격, 용린벽이 크게 휘청했다. 이제 남은 공격은 한 번이지만, 용린벽에 남은 떨림은 그치질 않는다.

그리고 마지막 판가름이 될 일곱 번째 공격이 이어졌다.

콰앙—!

자욱하게 흙먼지가 피어올랐다. 시야를 가리는 흙먼지. 귀혼객으로서도 그 먼지 사이로 결과를 알아차릴 수는 없었다.

확실한 것은 무언가 느낌이 들기는 했다는 것이다.

그가 창을 움직여 이전과 같이 바람을 불러왔다.

모래먼지가 걷히고, 눈앞에 핏방울이 떨어져 있는 것이 보인다.

'공격이 성공했군.'

그가 희열에 찬 미소를 지었다. 그 때문인지 그의 시야에 운산이 보이지 않는다는 점은 눈치를 채지 못했다.

그의 앞에 남은 핏자국은 돌아서 귀혼객의 뒤를 향해 있었고, 귀혼객이 그것을 발견했을 때는 이미 늦었다.

푸욱—

자신의 가슴팍을 찌르고 들어온 기다란 검의 날. 가슴팍에서 솟구친 검끝이 귀혼객의 눈에 들어왔다.

"이, 이건······."

무언가 말을 하려 했는데, 피가 왈칵 솟구쳐 흘러내린 탓에 귀혼객은 말을 마치지 못했다.

그리고 검이 빠져나갔다.

푸욱—

피가 앞뒤로 분수처럼 솟구치고, 귀혼객의 신형이 풀썩 쓰러졌다.

그에게 귀혼객이라는 별호를 가지게 해준 창이 아무렇게나 바닥을 뒹굴고, 그 위에 서 있는 이는 운산이었다.

오른쪽 팔에 창에 찔린 상처가 남기는 했지만, 마지막에 조금이나마 용린벽이 버텨주었기에 상처가 심하지는 않았다.
 '으윽'
 그렇다고 해서 고통까지 없는 것은 아니었다. 상처는 심하지 않았지만, 몸 안으로 들어온 귀혼객의 경력이 날뛰고 있었다.
 운산은 전장의 중앙이라는 것도 잊고 그 자리에 서서 귀혼객의 경력을 몰아내었다.
 찌이익―
 그리고는 이빨로 옷소매를 잡아 뜯어 상처 난 곳을 단단히 묶었다.
 이내 곧 피는 멈추고, 운산이 주변을 둘러보았을 때 전장은 이미 정리가 된 상황이었다.
 운산이 환호로 뒤덮인 외침을 쏟아내었다.
 "이번에도 이겼다!"
 그를 따라서 많은 황룡문도들이 함성을 내질렀다.

*　　*　　*

전투가 끝나고 남은 것은 상처뿐이다. 다행히 수가 절반 이상 많았던 황룡문도에게 큰 피해는 없었다.
 그렇다고 하여 전혀 없었던 것은 아니다.

자잘하게 남은 상처들, 그리고 지친 기색이 역력한 표정들. 앞으로 얼마나 더 이런 공세가 이어질지 알 수 없다.

  그들이 바라는 것은 철혈난신이자 무림의 절대자 중의 한 명인 자운이 빨리 황룡문으로 돌아오는 것이었다.

  그는 그야말로 희망의 존재였다.

  "후우!"

  운산이 길게 한숨을 내쉬었다. 휴식을 취하는 중인데도 상처 입은 팔이 욱신거린다.

  "사형……."

  운산이 걱정되는 듯 우천이 다가와 근심 어린 표정을 지었다. 그리고는 상처 입은 운산의 팔을 바라본다.

  그런 우천의 허리에도 역시 핏물이 번져 있다. 허리에 상처를 입은 것이다.

  비록 운산에 비해 약한 이들과 싸웠으나, 그렇다고 하여 전혀 상처를 입지 않을 순 없었다. 그렇게 입은 상처 중 가장 큰 곳이 허리에 입은 상처라 할 수 있었다.

  운산이 고개를 흔들었다.

  "나는 괜찮다. 그냥 조금 욱신거릴 뿐이지. 사제는 괜찮은가?"

  운산의 말에 우천 역시 고개를 끄덕였다.

  "당연하지요. 아마 대사형이 있었으면 엄살 부리지 말라고 뒤통수를 때렸을지도 모릅니다."

그 말에 운산이 웃음을 터뜨렸다.

자운이라면 정말로 그럴지도 모른다는 생각이 들었기 때문이다.

"하하하, 그렇지. 사형이 있었으면 냅다 대갈통을 후려갈겼겠지. 이렇게 말이야."

뻐억—

장난스럽게 운산이 우천의 머리를 후려갈겼다. 우천의 머리가 앞으로 빽 하고 날아갔다가 다시 돌아온다.

맞은 자리가 지끈거리는지 우천이 뒤통수를 부여잡았다.

"으악! 때리는 힘을 보니 앞으로 한 사흘은 더 싸워도 되겠습니다."

운산이 피식 웃음을 흘렸다.

그리고는 허공을 응시했다.

아무것도 없는 텅 빈 허공을 바라보고 있자니 당장에라도 그들의 대사형이라 할 수 있는 자운이 '무슨 지랄을 하고 있는 거야!'라고 호통을 치며 허공답보로 날아올 듯하다.

하지만 그럴 일은 없었다.

전서구가 아무리 빨리 날아간다 하더라도 지금쯤 도착했을 것이다.

그의 사형이 전력을 다해 경공을 펼친다 하더라도 섬서에서 천산까지는 사흘 정도 거리. 앞으로 사흘은 더 버텨야 하는 것이다.

그렇게 생각하고 보니 우천이 한 말도 전혀 틀린 것은 없었다.

운산이 우천의 말에 고개를 끄덕였다.

"그래, 앞으로 사흘은 더 죽어라 싸워야겠구나."

아직 전장은 끝나지 않았다.

운산과 우천이 예상한 대로 그들이 힘겨운 싸움을 이어나가고 있을 무렵 천산설곡에 전서구가 도착했다.

그리고 그 내용은 단번에 자운에게로 전달되었다. 본래 전서구라 하면 몇 단계의 절차를 걸쳐 곡의 간부, 혹은 곡주에게 전해지는 것이 절차였으나 자운은 설곡의 사람도 아닐뿐더러 사안이 사안인만큼 대부분의 과정이 생략되거나 간소화되어 빠르게 자운의 손에 전해졌다.

쾅!

자운이 주먹으로 탁자를 내려쳤다. 그 힘이 얼마나 강했던지 내공을 끌어올리지 않고 순수한 주먹으로 내려친 것임에도 불구하고 자단목으로 만들어진 탁자가 부서졌다.

하나 자운은 그런 탁자 따위에 시선을 주지 않았다.

아니, 줄 수 없었다.

그의 시선은 자신의 손으로 전해진 서신 한 장에 모조리 집중되어 있었다.

그답지 않게 손이 부들부들 떨리기 시작한다.

그가 서신을 가지고 온 설곡의 인물을 향해 단번에 내달렸다.

그의 손이 내뻗어진다.

쾅—

벽이 한차례 흔들리며 자운의 손이 그의 목을 움켜쥔 채로 벽을 들이박았다.

물론 지금 황룡문에서 일어나고 있는 일에 이 사람이 관계가 없다는 것은 알고 있다.

하지만 순간적인 분노가 그의 몸속을 헤집었다.

"지금 이 안에 있는 말이 모두 진실인가?"

"캐, 캐액! 이, 이걸 놓아주셔야……."

하나 자운의 손은 놓아주기는커녕 더욱 강하게 힘을 줬다.

"말해!"

눈에서는 타는 듯한 안광이 뿜어지고, 그 안광에 질식할 듯 꿈틀거리던 사내는 곧 캑캑거리면서도 자신이 아는 바를 꺼냈다.

"캐액! 저는 단지 서신을 전달했을 뿐입니다. 쿨럭쿨럭! 천산에서 섬서까지의 거리가 워낙 먼 터라 지금 당장 진실을…

쿨럭! 확인할 수는 없습니다. 캐액!"

그의 말이 끝나는 것과 동시에 목을 움켜쥐고 있던 자운의 손에서 힘이 풀렸다.

사내를 놓아준 자운이 벌컥 방문을 열었다. 단번에 천산설곡 밖으로 뛰어나간다.

'지금 당장 황룡문으로 돌아가야겠다.'

자운의 신형이 그 자리에서 꺼진 듯 사라졌다.

*　　*　　*

어둠이 내렸다.

진하게 깔린 어둠이 사방에 내렸으나 황룡문 밖에서 타오르는 불은 사그라지지 않았다.

상당히 많은 수의 사도인들이 황룡문 밖에서 진을 치고 있었다. 그리고 그들 가운데 사황성의 깃발이 휘날리고, 삼적과 육적도 모습을 드러내어 있었다.

그들의 시선이 향하는 곳, 그곳은 바로 황룡문이다. 멀지 않은 곳에 있는 황룡문은 지금 삼적과 육적이 조금만 힘을 쓴다면 대번에 세상에서 사라질 것이다.

"왜 저들을 단번에 죽이지 않는 거지?"

삼적이 불편한 기세를 숨기지 못하고 육적을 향해 물었다.

그의 등에는 거대한 구구도가 메어져 있었는데 구구도의 톱날이 붉은색으로 번득이는 것이 요사스럽게 보인다.

삼적의 말에 육적이 고개를 흔들었다.

"아직은 아닐세. 만에 하나 우리가 황룡문을 밀어버린 후에 놈이 화가 나서 달려오면 다행이지만, 놈이 오지 않는다면 어쩔 텐가?"

"도망을 간다는 말인가?"

삼적의 말에 육적이 고개를 끄덕였다.

"바로 그거지. 놈이 정면에서 나오지 않고 도망을 가서 암암리에 우리의 대계를 방해할지도 모르는 일 아닌가? 그러니 놈이 올 때까지 저놈들은 인질처럼 이곳에 핍박받으며 있어야 하네."

그 말에 삼적이 고개를 끄덕였다.

"듣고 보니 그 말도 일리가 있군."

육적이 사람을 불러 물었다.

"내부의 상황은 어떻다고 하는가?"

"아직 이렇다 할 움직임은 없다고 합니다. 낮에 이어진 전투로 인해 그들은 지금 기력을 회복하고 있는 듯합니다."

육적이 고개를 끄덕였다.

"그렇군. 내일 동이 트는 대로 백 명의 무사를 황룡문으로 투입한다."

"존명!!"

어둠이 깊게 깔린 것은 황룡문 내부도 마찬가지였다.
다만 수백이 넘어가는 사람들이 몰려 있는 외부와는 상황이 조금 달랐다.
소리가 거의 없이 조용하다.
우천이 운산을 향해 다가갔다.
"언제까지 버티고 있어야만 하는 겁니까, 사형?"
그 말에 운산이 고개를 들어 우천을 바라보았다.
"그럼 다른 좋은 방법이라도 있는 건가?"
운산의 눈에는 지친 기색이 역력했다. 그것은 우천이라고 해서 다를 것이 없었다.
황룡문의 문도 모두의 눈에 지친 기색이 역력하다.
벌써 사흘을 제대로 쉬지도 못하고 싸워왔다. 그러니 지치지 않을 리가 없다.
놈들은 도대체 무슨 생각을 하는 것인지, 수백의 병력을 두고서도 딱 죽지 않을 정도의 인원만 투입해서 그들을 괴롭힌다.
이유가 무엇일까?
피를 말려 죽이려는 것일까?
생각해 보았지만 답은 나오지 않는다. 저들의 우두머리가 아닌 이상, 그들의 생각을 알기는 어려울 것이다.

운산의 물음에 우천이 고개를 끄덕였다.

이대로 당하고만 있는다 해도 별반 변하는 것은 없다.

"저들은 당장에 우리들을 죽일 생각이 없는 것 같습니다."

그 말에는 우천 역시 동의하는 바였다.

놈들의 노림수가 무엇인지는 알 수 없는데, 지금 당장 운산과 우천을 어쩌지 못할 것이라는 것 하나만큼은 분명했다.

"저들이 당장에 우리를 죽이지 않는다고 해서 변하는 건 없어. 싸우다 죽으나 지쳐서 죽으나 별 차이는 없을 거야. 저들이 압도적으로 유리하니까."

운산의 말에 우천이 고개를 끄덕였다.

"우리는 그것을 역으로 이용하는 겁니다."

"역으로?"

"앞으로 이틀 정도 후면, 아니, 조금 있으면 동이 틀 테니 하루하고 반나절 정도만 더 버티면 대사형이 돌아옵니다. 그리고 개방과 화산에 요청한 지원군 역시 그때쯤이면 올 것입니다."

운산이 고개를 끄덕였다.

"그전에 우리가 이곳을 뚫고 나가는 겁니다."

운산이 자리에서 벌떡 일어났다.

"사제, 사제는 지금 문을 버리자는 것이 아닌가. 그리고 이적은 수로 어떻게 저 많은 이들을 뚫고 나간다는 말이지?"

운산의 목소리가 커졌으나 우천의 눈은 침착하기 그지없다.

이미 생각해 놓은 것이 아니던가.

"그 생각을 역으로 이용하자는 겁니다."

침착한 우천의 눈을 보고 있자니 무언가 생각이 있는 것이 분명했다. 운산이 우천의 눈을 바로 마주 보며 물었다.

"말해봐."

말을 하며 운산이 다시 자리에 걸터앉는다. 온몸 어느 곳 하나 쑤시지 않는 곳이 없다. 자잘하게 입은 상처가 적지 않았다.

확실히 이대로 버티는 것도 무리에 가까운 일이다.

"황룡문의 건물은 포기합니다. 건물은 새로 지으면 그만이지만, 사람은 죽으면 어찌합니까. 저들은 우리 황룡문의 문도들입니다."

우천의 말이 끝나고 운산이 천천히 문도들을 돌아보았다.

그렇다.

본래는 낭인에 가까운 이들이었으나, 지금은 황룡문의 문도이다.

황룡문이라는 울타리 안에서 함께 생활하는 가족과 같은 이들이라는 말이다.

황룡문의 문파 건물과 문도의 목숨을 놓고 저울질하라고 한다면 살려야 할 것은 문도의 목숨이 분명했다.

운산이 납득하는 듯하자 우천이 계속해서 말을 이어나갔다.

"그리고 저들은 방심하고 있을 것입니다. 수가 월등히 많으니 불리한 우리가 기습을 해올 거라는 생각은 전혀 하지 못하고 있을 겁니다."

확실히 그랬다. 수가 족히 열 배는 차이가 나는데 기습이라니, 말도 안 되는 소리라고 저들은 생각하고 있을 것이다.

"그러니 역으로 기습을 하자?"

우천이 고개를 끄덕였다.

"포위망이 약한 쪽으로 기습을 하는 겁니다."

운산이 눈을 감았다. 중대한 결정이다. 그는 이제 황룡문의 문주. 이 상황에서 자칫 잘못된 판단을 내렸다가는 황룡문 문도 전체의 목숨이 위험해지는 수가 있다.

얼마나 지났을까?

일다경 정도를 눈을 감고 생각에 잠겨 있던 운산이 눈을 떴다.

"아무래도 이 문제는 나 혼자 결정을 내리기에는 너무 큰 사안인 것 같네."

"그럼?"

우천의 말에 운산이 어깨를 으쓱해 보였다.

"어쩌긴 뭘 어째. 문도들한테 물어보고 결정해야지."

황룡문의 문도들은 대부분 우천의 의견에 동의하는 듯했다.

그들 역시 하루하루 지쳐 가는 터였다. 언제까지 참고 있을 수도 없고, 그때까지 견딜 수 있을지도 의문인 상황에서 나온 도박과도 같은 타개책.

적은 확률이라고는 하나 가망성이 없는 것은 아니었다.

태원삼객이 우천의 말에 동의했다.

"저 역시 동의하는 바입니다. 지금 이 상황에서 이대로 있는다고 해서 답이 나오는 것도 아니고, 태상호법께서 돌아오셨을 때도 저희가 적진 한가운데 있는 것보다는 외곽으로 벗어나 있는 것이 전투에 훨씬 도움이 될 겁니다."

다른 이들의 의견 역시 마찬가지였다.

이대로 당할 바에는 밖으로 나가 그들과 싸우자는 의견이었다.

문도들의 의견을 모두 들은 운산이 고개를 끄덕였다.

"많이 힘들 수도 있고 심하게 다칠지도 모릅니다. 어쩌면 죽을지도 모르는 일입니다. 그래도 이거 하나만큼은 약속합니다."

운산이 황룡문도들의 눈을 하나하나 마주 보았다.

피곤에 지친 기색이 얼굴 가득 묻어나고 있었으나, 그들의 눈에 담긴 힘은 전혀 줄어들지 않았다.

"꼭 살아서 탈출하도록 합시다."

황룡문도들이 이구동성으로 답했다.

"옛, 문주님!"

운산이 몸을 획 돌렸다.

"해가 트기 직전 포위망이 가장 얇은 곳을 공격해 속전속결로 빠져나갑니다. 그때까지 충분한 휴식을 취하세요."

폭풍전야는 그야말로 바람 소리 하나 없이 조용했다..

우천이 황룡문의 담벼락을 타고 돌며 밖을 한번 살피고 돌아왔다.

"사제, 좀 보고 왔어?"

운산의 말에 우천이 고개를 끄덕인다.

"북문 쪽이 가장 경계가 허술하더군요. 그쪽을 잘 이용한다면 충분히 탈출할 수 있습니다."

우천의 말에 다들 고개를 끄덕였다. 온몸을 타고 긴장이 흐른다. 근육이 수축과 팽창을 계속해서 반복했다.

운산이 근육의 긴장을 풀기 위해 길게 숨을 내쉬었다.

"후우."

그리고는 자신의 눈앞에 모인 황룡문도들을 바라본다.

"그럼 작전대로 하는 겁니다."

그들이 대답 대신 고개만 끄덕였다. 그리고 작전이 시작되었다.

가장 먼저 한 것은 불화살을 날리는 일이었다.

기름에 먹인 천을 화살에 감싸서 불을 붙인다. 그리고 순서대로 불이 붙은 불화살을 날렸다.

동이 트기 전, 가장 어두운 어둠 중의 허공을 불화살이 갈랐다.

피융—

기름을 듬뿍 먹인 화살에서 떨어진 불은 바닥에 내려서는 순간 활활 번져 나간다.

"으아아악!"

사파인들이 비명을 질렀다. 갑작스럽게 터져 나온 불에 대항할 수 있는 이는 거의 없었다.

하수든 고수든 전혀 생각지도 않고 있던 불의의 일격에 당황한 것이다. 그 틈을 노려서 운산과 우천을 필두로 한 황룡문이 움직였다.

피비비빙—

연달아 불화살이 쏟아지고, 불화살에 맞은 이들이 비명을 질러대었다.

"내 몸이, 내 몸이 타들어간다!"

"으아아악! 불, 불이 내 다리에 붙었어!"

여기저기서 비명이 들려왔으나 운산과 우천은 신경 쓰지 않고 계속해서 돌진했다.

그들의 몸이 화마 속으로 말려들어 갔다.

검을 휘둘러 화염을 비집고 들어가 놈들과 싸운다. 당황 속에 빠져 있는 적들을 베었다.

불화살을 쏘던 황룡문도들도 제각기 검을 뽑아 들었다.

직도황룡(直途黃龍)!

운산이 눈앞을 막는 적을 단번에 여덟 조각으로 토막 내버렸다.

지금은 잔혹해져야 한다.

적이 나를 우습게 보지 않도록 더욱 거대하게 몸집을 부풀려야 한다.

일말의 자비도 두어서는 안 된다.

그것이 강호다.

운산은 자운에게서 배운 것을 상기했다. 내가 맹수가 되어야 하는 것이다.

적을 잡아먹어야 한다.

그렇지 않으면 내가 잡아먹힌다.

운산이 주먹을 꾹 쥐었다.

콰직—

그의 주먹에서 염룡교의 초식이 뿜어지고, 화의 기운에 이끌린 불덩이가 운산의 주먹을 타고 돌았다.

그의 주먹이 그대로 사파인들의 얼굴에 작렬했다. 화상과 동시에 두개골이 으깨져 바닥을 구르는 사파인들. 우천 역시 망설임없이 적을 베고 있었다.

"이노옴!"

꽤 고수로 보이는 이가 운산을 향해 뛰어들었다.

그 순간, 운산의 보법이 일변했다.

휘리릭—

회전하며 한없이 가벼워지는 경신술, 그리고 그것에 맞는 보법을 이용해 운산의 몸은 적을 향해 빠르게 파고들었다.

적의 거도가 허공을 가르고, 운산이 고개를 숙이며 그것을 피해낸 후 솟구쳤다.

바로 턱 아래에서 솟구치는 운산의 움직임에 놈은 헛바람을 들이켜며 대경한다.

"허엇!"

놀라기 전에 반응을 했다면 살았을지도 모르지만, 운산의 검은 쾌속무비했다.

단번에 놈의 허벅지를 베어내고, 놈이 고통으로 바닥에 주저앉은 틈을 타서 등에 칼을 박았다.

삐죽 튀어나온 검이 정확하게 심장을 뚫고 가슴팍으로 올라온다.

운산이 검을 뽑자 피가 분수처럼 튄다.

사방에는 불이 가득하고, 아비규환이 따로 없다.

하나 아비규환에 빠져 있는 것은 황룡문도들이 아니었다. 갑작스럽게 번진 불에 넋을 잃은 사파인들일 뿐.

운산이 숨을 들이쉬었다. 매캐한 탄내가 코를 타고 들어왔다.

쉬고 있을 시간이 없다. 빠르게 돌파해야 한다.

북문의 포위망이 가장 약하다고는 했으나, 시간이 지나면 적들이 몰려들 것이다. 그전에 빠져나가 최대한 거리를 벌려야 한다.

"사형!"

우천이 운산을 불렀다.

"간다!"

운산이 기합을 넣듯 크게 답하고는 눈앞의 적을 베어내었다. 그의 검에서 검기가 주륵 솟구친다.

싸움은 최대한 피하고 가능하다면 속전속결로 끝내면서 전진해야 한다.

벌써부터 다른 곳에 있던 적이 몰려오는 소리가 들린다.

"놈들이 탈출한다! 잡아라!"

운산이 이를 악물었다.

검풍이 날아든다. 운산이 검기가 묻어나는 검을 이용해 검풍을 튕겨내었다.

그리고는 단번에 달려가 검풍을 날린 이의 얼굴을 베어버린다.

얼굴에 사선으로 핏물 자국이 생기고, 놈의 몸이 허물어졌다. 운산이 발끝에 내공을 집중하여 놈의 몸을 발로 찼다.

바닥으로 허물어지는 바람에 불이 옮겨 붙은 시체가 발길질에 훨훨 날았다.

시체가 적 두셋 위에 떨어진다.

"으아악!"

갑작스럽게 떨어지는 시체에 그들이 기겁한 듯 비명을 질렀으나 정작 중요한 것은 그다음이다.

그들의 몸 위로 불이 옮겨 붙은 것이다.

운산은 그 방법을 이용하여 시체가 아닌 불이 붙은 나무더미 등등을 마구잡이로 발로 찼다.

그의 발길질에 불이 점점 심하게 번져 나간다.

이리저리 산불 맞은 멧돼지처럼 뛰어다니는 이들이 눈에 들어오고, 계속해서 혼란이 커졌다.

운산이 혼란을 크게 만든 후 빠르게 발을 놀려 우천을 향해 다가갔다.

"빨리 나가야겠군요."

우천의 말에 운산이 고개를 끄덕인다.

"누구 마음대로 이곳에서 나간다는 말인가?"

얼굴에 흉측하게 칼자국이 있는 이가 그들의 앞에 나서며 말했다. 우천이 그를 알아보고는 소리쳤다.

"패웅마(覇雄魔)!"

타고난 거력이 곰과 같아 그 신력으로 한 자루의 거검을 자유롭게 휘두르는 사파인.

운산과 우천이 패웅마를 노려보았다.

패웅마는 강기지경에 오른 고수, 그가 뒤를 흘깃 바라본다. 운산과 우천이 발걸음을 멈추자 다른 황룡문의 문도들 역시 그들의 뒤에 멈춰 서서는 걱정스러운 표정을 지어 보이고 있었다.

운산과 우천이 서로 눈을 마주 보며 신호를 주고받았다.

운산의 신호를 받은 우천이 고개를 끄덕이고, 그 순간 운산의 몸이 튀어나갔다.

섬전과 같은 움직임. 뒤이어 펼쳐지는 것은 우천의 운해황룡이다.

마른 모래가 일어나며 운산과 우천의 모습이 사라졌다.

섬전과 같은 움직임으로 패웅마의 주변을 돌던 운산이 대번에 검을 휘둘렀다.

아니, 내가 이겨

노리는 것은 몸의 주축이 되는 다리, 다리의 힘줄을 잘라내려는 생각이었다.

패웅마의 거검이 움직인다.

카앙—

타고난 신력을 통해 일어난 반발력이 운산의 손을 비집고 들어왔다.

패웅마가 막아낸 것이다.

반발력 때문에 운산이 모래먼지 속에서 신음을 흘렸다.

"크윽!"

"거기 있었구나!!"

그 소리를 놓치지 않은 패웅마가 단번에 몸을 움직여 달려들었다.

운산이 검을 이용해 패웅마의 거검을 막았다. 하지만 그의 두꺼운 근육에서 나오는 힘은 놀라울 정도의 것이라서 쉬이 막아낼 수가 없다.

쐐애액—

카앙—

운산의 검이 한순간 부러질 듯 휘청거렸다.

그의 몸이 날 듯이 멀리 떨어진다. 거력으로 인해 몸이 날아간 것이다.

경공술을 이용하여 날아가던 도중에 몸을 가볍게 하지 않았다면 낭패를 보았을 것이 분명하다.

"우천!"

운산이 소리치자 패웅마의 뒤쪽 모래안개가 갈라졌다. 검기를 뿜어내며 우천이 튀어나왔다.

"이놈이!"

패웅마가 대번에 뒤로 돌며 검을 휘둘렀다. 단전에서 솟구친 기운이 패웅마의 거검을 타고 흘렀다.

우천의 눈이 빛났다.

초와 초를 연결해 불을 이어 붙이는 듯한 조심스러운 움직임이 이어지고, 우천의 검이 패웅마의 거검과 충돌한다.

거대한 폭음은 울리지 않았다. 패웅마의 힘이 이화접목의 묘리에 따라 운산의 검으로 흘러들었다.

그 거대한 힘이 분출된다.

쾅―

패웅마의 몸이 한순간 휘청한다. 그의 손에 들린 거검에 금이 가 있다.

패웅마 본신의 내력과 우천의 내력이 합쳐져 무시하지 못할 정도의 힘을 발휘했기 때문이다.

"이놈, 한 수 재간을 부리는구나."

놈이 우천을 찾으며 으르렁거렸으나 이미 우천은 모래먼지 속으로 모습을 감춘 후였다.

그런 그의 눈에 들어온 것은 다름 아닌 운산이었다. 놈이 운산을 향해 웃음을 흘렸다.

"그대로 베어주마."

위이잉—

그의 거검이 진동하고, 내력이 타고 흐르며 강기가 형성되었다.

거대한 검강, 그것을 보는 순간 운산의 얼굴이 딱딱하게 굳었다.

검강과의 정면승부는 장담할 수 없다. 운산과 우천이 모두 검기지경에 오르기는 했으나 검강은 그보다 더 높은 경지.

바위라 하더라도 무 자르듯 잘라 버릴 수 있는 것이 검강이 아니던가.

운산의 표정을 읽은 패웅마가 웃음을 흘렸다.

"흐흐흐, 두려운 것이냐?"

운산이 마음을 다잡으며 고개를 흔든다.

"검강이 상대하기 어려울 뿐이지 상대를 못할 정도는 아냐."

운산의 말이 그의 자존심을 건드렸다.

지금까지 검강지경에 올라 얼마나 많은 이들에게 찬사를 받고 적들을 두려움에 떨게 만들었던가.

그런 패웅마의 자존심에 운산이 정면으로 대결을 신청한

것이라 할 수 있었다.

"그럼 어디 한번 상대해 보아라!"

부웅—

거검이 허공을 가르는 소리가 울렸다. 운산이 감각을 개방하고 집중했다. 검을 봐야 한다. 보고서 피해야 한다.

검강은 검기로 막을 수 있는 것이 아니다. 우천의 이화접목이라 할지라도 검강에 담긴 힘을 모두 해소해 내지는 못할 것이다.

운산의 눈에 거검이 움직이는 것이 들어온다.

운산이 몸을 낮게 눕혔다. 그리고는 발끝으로 바닥을 때렸다.

콰앙—

거검이 운산의 옆에 내리꽂히고 돌조각이 튀어 올랐지만 운산에게는 피해가 없다. 회전을 해 돌조각을 튕겨냈기 때문이었다.

그가 단번에 튀어나간다.

거검과 신력을 이용한 패도적인 공격은 패웅마에게 뒤질지 모르나, 속도가 뒤지는 것은 아니다.

오히려 운산과 우천의 움직임은 패웅마에 비해서 한 수 앞선다고 할 수 있었다.

단번에 품으로 파고든 그가 검을 들었다.

"네 뜻대로 될 줄 아느냐!"

패웅마가 무릎을 움직여 운산의 머리를 노려오고, 운산이 머리를 비틀었다. 그 바람에 그의 검이 패웅마의 몸에서 빗나갔다.

머리와 함께 몸이 틀어지며 검의 각도가 바뀌었던 탓이다. 하지만 그는 바닥을 구르며 패웅마의 다리를 움켜잡았다.

"사제!"

큰 목소리로 우천을 부르는 운산. 운산의 외침을 들은 우천이 운해황룡 사이에서 나타났다.

거대한 구름의 바다를 가르고 우천이 모습을 드러낸다.

그의 검에서 금색의 검기가 빛나고, 서걱 하는 소리와 함께 패웅마의 좌수가 잘려 나간다.

그 엄청난 고통에 패웅마가 비명을 질렀다.

"크아아아아악! 이놈들! 이 씹어 먹어도 시원찮을 놈들! 갈아 죽일 놈들!!"

놈의 분노가 하늘 끝에 닿은 듯 검강이 묻어나는 검이 이리저리 움직인다. 마구잡이로 이루어지는 공격. 우천이 그 공격에 훌쩍 물러났다. 하지만 패웅마의 다리를 부여잡고 있던 운산은 몸을 뺄 수 없었다.

강기가 단번에 운산의 몸을 향해 날아들었다.

"사형!"

우천이 운산을 부르지만, 운산은 아직 채 빠져나오지 못했다.

운산의 눈에 검강이 다가오는 것이 보인다. 그의 머리가 팽팽 회전했다.

'어떻게 해야 하지?'

검기로는 검강을 막을 수 없다. 막아낸다 하더라도 속이 뒤틀리는 내상과 함께 검이 부서질 것이 분명했다.

검강을 막을 수 있는 것은 같은 검강뿐. 운산의 몸이 움직였다.

그것은 머리로 생각하고 움직인 것이 아니다. 몸이 반응했을 뿐.

그의 검 위로 검기가 솟아오르고, 검강이 다가오는 것이 보인다.

몸의 움직임에 머리가 따랐다.

'더 단단하게, 더 강하게.'

그의 의지가 몸을 순회하고, 단전을 휘감았다. 태청신단으로 늘어난 내력이 의지에 감응해서 솟구친다.

화라락—

검으로 집중되는 검기의 크기가 점점 커지고, 검강이 검기에 닿았다.

패웅마가 쾌재를 불렀다.

아니, 내가 이겨

"넌 죽는다!"

하지만 그 순간, 거대하게 덩치만 불리던 검기가 환한 빛을 터뜨리며 압축되기 시작했다.

'더 이상 들어가지 않아?'

환한 빛이 터져 나오는 순간, 패웅마는 무언가 이상한 것을 감지했다. 분명 상대의 것은 검기가 분명한데, 검강이 더 이상 파고들지 못하는 것이다.

이럴 리가 없다.

무림의 상식으로 검기로는 검강을 절대로 막을 수 없다.

그런데 지금 그 일반적인 상식에 반하는 일이 일어나고 있는 것이다.

"이건 말도 안 되는 일이다!"

패웅마가 소리쳤다.

운산이 온몸의 세포 하나하나가 힘이 든 가운데서 조심스럽게 입을 열었다.

"말이 안 되는 일이 아니야."

마침내 빛이 사라지고, 운산의 검 위에서 찬연히 빛나는 정제된 내공의 결정체, 황금색 검의 형상이 모습을 드러내었다.

강기(罡氣).

검 위에서 솟구쳤으니 검강이라 해야 할 것이다.

운산이 검강을 뽑아낸 것이다. 그러자 꽤 많을 것이라 자부

했던 내공이 쭉쭉 줄어들기 시작했다. 그것은 며칠간 이어진 전투로 인해서 피로가 누적된 탓도 있었지만, 검강 자체가 소비하는 내공이 워낙 많기 때문이기도 했다.

"이런 상황에서 너는 성장을 했다는 말이냐!"

패웅마가 놀람을 숨기지 못하고 외쳤다. 그의 표정에는 당황한 기색이 역력했다.

분명 강기를 사용하는 자신이 훨씬 앞선다고 생각하고 있었는데, 놈이 이렇게 쫓아온 것이다.

"원래 성장은 위기 중에 오는 법이지."

운산이 몸의 떨림을 숨기며 말했다.

몸의 부담이 너무 크다. 체화되지 않은 강기를 지금 당장 장시간 동안 유지하는 것은 무리였다.

단번에 끝을 보아야 한다.

운산이 다시 한 번 마음을 다잡았다.

'속전속결.'

네 글자를 뼈에 새길 듯 입으로 곱씹는다.

"하나 아직은 내가 이긴다!"

패웅마는 잠시 당황했지만, 자신이 질 것이라고는 생각하지 않았다. 같은 강기지경의 고수라고 하더라도 급이 있는 법이다.

강기지경에 들어선 것도 운산에 비하면 자신이 오래되었

고, 경험 역시 자신이 월등히 많다.

그의 거검이 크게 휘둘러진다. 느리기는 했지만 주변의 바람이 휩쓸려 나갈 정도의 패도적인 움직임. 운산이 웃었다.

"아니, 내가 이겨."

같은 강기라면 놈의 강기를 막을 수 있을 뿐만이 아니다. 상처 역시 입힐 수 있다.

이전에 말했다시피 움직임은 운산이 훨씬 빨랐다. 운산의 몸이 놈의 앞에서 대번에 사라졌다.

"허엇!"

패웅마가 대경실색하며 거검을 회수했다. 운산의 검과 놈의 거검이 충돌하고, 운산의 검이 튕겨져 나갔다.

그 순간 운산은 빠르게 검을 회수해 다시 공세를 다잡았다.

하지만 반대로 패웅마의 거검은 타고한 신력으로도 쾌(覇)를 추구하지 못할 정도로 패(快)에 집중된 패검. 공수의 전환이 빠를 리가 없다.

그의 거검이 채 반도 회수되기 전에, 운산의 공세가 놈을 향했다.

"말했잖아. 내가 이겨."

운산의 검강이 놈의 목을 벴다.

차악―

검강으로 단번에 뼈까지 잘라 버린 놈의 목이 높이 솟구치고 피가 허공에 뿌려졌다.
 그리고 그 아래에서 운산이 거친 숨을 몰아쉬며 소리쳤다.
 "빨리 빠져나가자!"

황룡난신

"뒤쪽이 소란스럽군."

삼적이 무신경한 눈으로 황룡문을 바라보다가 말했다.

그의 말에 육적이 동의한다는 듯 고개를 끄덕인다. 삼적과 육적의 시선이 적발라를 향했다.

한꺼번에 칠적 중 둘의 시선을 받은 적발라의 몸이 움찔했다.

하지만 곧 그는 노련한 적성의 일원답게 고개를 숙여 보이며 그들이 원하는 대답을 내놓았다.

"잠시만 기다려 주시면 원하는 바를 알아오겠습니다."

육적이 고개를 끄덕였다.

그의 허락이 떨어지자 적발라의 몸이 자리에서 꺼지듯 사라진다. 물론 삼적과 육적에게는 훤히 보이는 움직임이었으나, 어지간한 고수가 봤다면 눈으로 좇지 못할 정도로 빠른 속도와 감탄을 토할 정도의 무리가 가미된 움직임이라는 점은 확실했다.

그가 사라지는 모습을 바라본 삼적이 육적에게 말했다.

"쓸 만한 수하로군."

육적이 고개를 끄덕인다. 적발라를 곁에 두고 있는 것은 그의 무공 때문이 아니다. 그가 쓸 만하다고 육적에게 판단이 되었기 때문이다. 게다가 적발라는 무공 역시 점점 더 강해지고 있다.

그 점은 꽤나 육적으로서도 흡족해하는 바였다.

곧 허공이 스르륵 흔들리며 적발라가 모습을 드러내었다.

"알아왔습니다."

"말해보게."

육적의 말에 적발라가 북문에서 일어나고 있는 상황에 대해서 간략하게 요약하여 정했다.

적발라의 말을 모두 들은 육적이 너털웃음을 터뜨린다.

"허허허, 의표를 찌른다는 게 이런 것인가 보군. 꽤나 재미있는 녀석들이야. 이봐, 삼적. 자네는 어찌했으면 좋겠는가?"

육적의 물음에 삼적이 자신의 턱을 쓰다듬었다. 깎지 않아 자란 수염의 까끌까끌한 촉감이 손을 타고 전해졌다.

"난신이라는 놈의 사형제를 제외하고는 모두 죽여도 좋아."

그 말에 육적이 고개를 끄덕이며 적발라를 바라보았다.

"그렇다고 하는군. 번거롭겠지만 자네가 좀 수고를 해주었으면 하네."

육적의 말이 떨어지는 순간, 적발라가 고개를 크게 숙였다.

"존명!"

육적의 명을 받은 적발라는 단번에 북문을 향해 이동했다. 북문 쪽의 포위망이 다른 쪽에 비해서 두텁지 않다고는 하지만, 고작 팔십의 인원으로 단번에 뚫고 나갈 정도는 아니었던지라 황룡문의 문도들은 조금씩 움직이는 와중에도 여전히 고전하고 있었다.

그가 전장 속에서 눈을 빛내며 황룡문도들을 노려보았다.

'난신의 사형제들을 제외하고 모조리 사살한다.'

적발라의 눈이 붉게 빛난다. 그의 단전에서 기운이 일었다.

기운이 전해진 붉은 머리카락이 꿈틀거린다.

적발라가 익히고 있는 무공은 중원의 무공이 아니다. 적성

내부에서도 몇 없다는 서방의 무공. 서방의 무공 중에서도 특이하게 머리칼을 무기로 사용하는 것이 특징이었는데, 경지에 이를 경우 그 길이가 자유롭게 늘어날 뿐만 아니라 강도가 강기와도 비견될 정도의 무공이다.

적발라의 머리카락이 쭈욱 길어졌다.

그 끝은 날카롭게 세워져 있어 마치 창의 끝을 보는 것만 같았다.

머리칼의 끝이 예리하게 빛나는 순간!

푸욱—

단번에 황룡문도 하나의 가슴을 꿰뚫었다.

"커억!"

가슴을 꿰뚫린 이가 비명을 지르며 앞으로 꼬꾸라졌다. 하지만 난전 속에서 벌어진 일이라 다른 이들은 그것을 눈치채지 못한 듯하다.

적발라가 씨익 웃었다.

그의 머리카락이 다시금 꿈틀거렸다.

운산이 뭔가 이상함을 느낀 것은 다섯 명째 황룡문도가 쓰러졌을 때였다.

또 한 명의 황룡문도가 가슴이 뻥 뚫린 채로 죽은 것이다.

운산이 우천을 불렀다.

"사제!"

그의 두 눈에 긴장한 기색이 역력했다. 벌써 다섯 명이 누군가에게 죽을 동안, 눈치도 채지 못하고 있었다. 상상도 할 수 없을 정도의 고수가 그들을 노리고 있음이 틀림없었다.

운산의 부름을 받은 우천이 단번에 달려왔다.

"사형, 무슨 일입니까?"

운산이 긴장한 채로 검을 꾹 쥐며 주변을 휙휙 둘러보았다. 온몸의 감각 역시 완전히 개방하여 다가오는 기척을 모두 감지해 내었다.

"주변에 누군가가 있다. 그것도 아주 높은 경지의 고수가."

운산이 눈으로 가슴이 뻥 뚫려 죽은 황룡문도를 가리켰다. 우천이 운산의 시선을 좇아 주변을 확인하자 그와 같은 수법으로 죽은 이가 넷이나 더 있다는 사실이 파악되었다.

그제야 우천 역시 긴장감으로 침을 꿀꺽 삼킨다.

운산의 감각은 매우 예민해져 있는 상황이었다. 그것은 강기지경에 오르면서 한층 빛을 발했다. 이전의 기감과 감각에 비해서 진일보한 것이다.

감각과 기감이 넓게 퍼지며 황룡문도들을 감쌌다.

황룡문도들을 향해 접근하는 모든 공격을 파악하기 위함이었다.

휘이익―

그리고 운산의 기감에 대번에 걸려드는 기이한 움직임 하나. 허공을 날아든 공격이었는데, 뱀과 같이 꿈틀거리면서 빠르기는 섬전과 같은 공격이었다.

운산이 그것을 향해 검을 뻗었다.

카앙―

검과 충돌하는 순간 붉은 실 뭉치가 운산의 검을 휘감았다.

"사형!"

우천이 그것을 보고는 대번에 운산을 향해 달려왔다. 하지만 운산은 우천을 볼 수 없었다.

눈앞에 있는 기이한 병기를 확인하고 있었기 때문이다.

"내 공격을 막아?"

스르륵―

검을 묶고 있던 붉은 실타래가 소리와 함께 풀려 나갔다. 그리고 모습을 드러낸 것, 그것은 실타래가 아니었다.

붉디붉은 머리카락.

그것도 아주 풍성한 머리카락이었다.

마치 사자의 갈기를 보는 듯하다. 붉은 갈기를 휘날리는 수사자가 그들의 앞에 모습을 드러내었다.

'이자, 고수다.'

운산이 떨리는 목소리를 숨기지 못하며 물었다.

"당신은 누구요?"

그의 입에서 유부의 소리와 같은 음성이 흘러나온다.

"나는 적발라다."

휘이익—

바람이 갈라지며 붉은 머리가 사방으로 쏘아졌다. 노리는 것은 운산과 우천. 하지만 운산과 우천을 죽일 생각은 없어 보였다.

적발라의 눈에 살기가 담겨 있지 않았던 것이다.

무심함 그 자체의 눈. 적당히 공격했으니 막을 수 있다면 막으라고 말하는 듯한 눈이었다.

"크윽."

우천이 신음을 흘리며 뒤로 주르륵 밀려났다.

반면에 운산은 강기지경에 올라 우천에 비해서는 쉬이 적발라의 공격을 막아낼 수 있었다.

타앙—

운산의 검과 충돌한 적발라의 붉은 머리카락이 뒤로 튕겨져 날아갔다. 그 모습을 보고 적발라가 희미하게 미소 지어 보였다.

"사형이라고 그래도 위쪽이 제법이군."

하지만 운산은 적발라를 향해 감히 미소 짓지 못했다. 여러 모로 상황이 좋지 않을 뿐만 아니라 손을 타고 전해진 반발력이 적지 않았기 때문이다.

"이것도 한번 막아보게!"

적발라의 머리카락이 수십 갈래로 갈라졌다. 머리칼을 이용한 무공인만큼, 단번에 뻗어낼 수 있는 공격의 수는 수도 없이 많다. 일일이 세기가 힘들 정도의 공격이 주욱 늘어나며 운산과 우천을 향해 날아왔다.

"크윽."

운산이 신음을 흘리며 이를 악물었다. 자신을 향해서 날아오는 수 발의 머리칼, 그 너머로 황룡문도들을 향해 날아가는 수십 발의 머리칼이 눈에 들어온다.

저것을 막지 못한다면 대참사가 일어날 것이다.

'얻는 것은 없지만 뼈를 취한다.'

휘이익—

운산의 몸이 날았다. 단번에 자신을 향해 다가오는 공세를 향해 돌진했다. 태풍 속에 몸을 던지는 것과 같은 상황. 그 모습에 적발라가 이채를 띠었다.

"과연 일문의 문주다운 생각이로군."

문도들을 위해 자신의 안위를 포기하고 몸을 날린 셈이다.

'육적께서 이 둘은 죽이지 말라고 하셨지.'

적발라가 공세에서 힘을 살짝 뺐다. 그 틈을 운산이 비집고 들어와 보법을 이용해 피해낸다.

공세를 피해낸 운산의 몸이 향하는 곳은 황룡문도의 앞이었다.

그가 기운을 끌어올린다.

펼치는 것은 용린벽!

용린벽과 붉은 머리칼이 연달아 충돌한다.

따다다다당—

깨어지면 다시 펼친다. 또 깨어진다면 또다시 펼친다.

운산이 이를 악물었다.

그리고 마침내 네 번이나 연거푸 용린벽을 펼쳐 내었을 때, 적발라의 공세가 끝났다.

'후욱! 후욱!'

거친 호흡을 들켜서는 안 된다.

오랜 시간 이어진 전투로 인해서 이미 체력은 바닥을 향해 다가가고 있었다. 뿐만 아니라 이곳에서 시간을 끌고 있어봐야 좋을 것이 없다.

시간을 끌면 적은 더 몰려올 것이고, 그럴수록 탈출은 더욱 불가능하게 될 것이다.

'어쩔 수 없군.'

운산이 우천을 향해 전음을 보냈다.

[내가 운해황룡으로 적의 눈을 가릴 테니 네가 그 틈을 타

서 문도들을 이끌고 달아나라.]

바로 우천에게서 답음이 전해져 온다.

[하지만 그렇게 되면 사형이······.]

[걱정하지 마, 사제. 나도 저런 괴물과 싸울 생각은 없어. 틈이 보이는 즉시 뒤쫓아 갈 테니 걱정하지 말고 가.]

우천이 고개를 주억거렸다. 그 모습을 보던 적발라가 한 걸음씩 운산과 우천을 향해 다가온다.

"자, 작전회의가 끝이 났으면 한번 놀아보겠나?"

적발라의 입꼬리가 기괴하게 틀어져 올라갔다.

운산과 우천의 몸에 순식간에 소름이 돋는다.

쫘악 올라오는 섬뜩함이 공기를 통해 생생하게 느껴질 정도였다.

운산이 신호를 보냈다.

"사제!"

운산의 발이 화려하게 움직인다. 바닥을 스치듯, 용의 손이 구름을 이끌 듯 마른 모래를 때렸다. 용은 허공에 구름을 수놓고 휘감아 몸을 숨겼다.

구름이 일었다.

모래먼지가 자욱하게 일어나고, 운산이 운해황룡을 이용해 적발라의 주변을 회전했다.

그의 주변으로 원을 그리며 모래먼지가 차오른다. 한 치 앞도 보이지 않을 정도로 차오르는 모래먼지를 보며 적발라가 미소 지었다.

"제법 머리를 쓰는군."

하지만 눈에 안 보인다고 하여 적의 위치를 찾지 못하는 것은 아니다. 또한 운산이 무슨 수를 쓰려고 하는 것인지도 알아버렸다.

"아까도 말했지만 정말 문주다운 생각이야. 실수를 한 것이 있다면……."

적발라가 손을 들었다.

휘이익—

그의 손이 향하는 곳을 향해 단번에 붉은 머리카락이 내달렸다. 허공을 질주하는 머리칼, 그것이 노리는 것은 황룡문도들이었다.

적발라는 모래먼지가 눈앞을 가리는 와중에도 놓치지 않고 이동 중인 황룡문도들을 발견한 것이다.

운산이 그것을 보며 신음을 흘렸다.

'크윽.'

그의 몸이 어느샌가 나타나 적발라의 공격을 막아낸다. 손아귀가 찢어질 듯 저릿하게 하는 공격. 적발라가 씨익 웃는다.

운산이 조금씩 멀어지는 황룡문도들을 바라보았다.

'미안하네, 사제.'

운산이 침을 꿀꺽 삼켰다. 그의 검 위로 검강이 화르륵 타오른다.

황금빛 서기 어린 불꽃. 적발라가 그것을 보고 이채를 띠었다.

"굉장하군, 강기라니. 나 역시 그 정도 수준은 보여줘야겠구먼."

적발라의 머리를 붉은 강기가 휘감는다.

그리고 수십 발에 이르는 강기의 머리칼이 운산을 향해 쏘아졌다.

'아무래도 쫓아간다는 약속, 못 지킬 것 같아.'

카라락—

허공중에 강기와 운산의 검이 얽혀들었다. 검이 빙글 회전한다. 향하는 곳은 적발라의 심장. 무서운 찌르기가 섬전과 같은 속도로 쇄도했다.

단번에 적발라의 심장을 찌르고 들어가려는 찰나, 그 사이로 적발라의 머리카락이 끼어들었다.

카앙—!

아주 미세한 틈을 비집고 들어온 머리칼 다발이 정확하게 운산의 공격을 막아내었다.

마치 공격과 같다.

붉은 강기와 황금빛 강기가 팽팽하게 힘겨루기를 하고, 운산의 머리 위로 힘에 겨운 듯 핏줄이 도드라졌다.

"으으윽."

검을 쥔 손아귀에서 피가 주르륵 흘러내렸다.

"잊었나? 내가 통제하는 강기는 하나가 아니라는 사실을?"

촤악-

허공이 갈리는 소리가 나며 머리칼이 운산의 허리를 노렸다. 찔리더라도 죽지는 않을 위치. 하지만 움직임이 상당히 불편해질 것이다.

운산이 온 힘을 다해서 허리를 비틀었다.

향하는 곳은 반대편. 허리를 비틀었기 때문에 적발라의 심장을 노리던 검도 회수하는 수밖에 없었다.

"그 정도는 생각하고 있었네."

적발라의 손톱이 뾰족하게 서서 날아왔다. 운산이 눈을 번쩍 빛내며 손을 마주 뻗었다.

황룡문의 조법 중 하나인 금룡추뢰(錦龍追雷)가 펼쳐졌다.

황금빛 서기를 휘감은 용이 번개를 쫓는다.

쾌(快)의 묘리를 충분히 담아내고 있는 조법이었다. 손톱 역시 날카롭고 품고 있는 기세 또한 굉장했기 때문에 거대한 나무둥치라도 단번에 부숴 버릴 수 있을 정도의 힘이 담겨져 있었다.

하지만 안타깝게도 적발라의 공격 역시 그 정도의 힘은 가지고 있었다.

두 개의 조법이 충돌한다.

캉—

반발력이 운산의 몸을 타고 들어오고, 그 반발력을 해소하기도 전에 수 발에 이르는 붉은 머리카락이 운산을 찔러들어왔다.

"커억!"

운산이 검면을 이용해 그것을 막아내었지만 검은 흔들리지도 않았고, 그대로 충격이 복부를 향해 넘어왔다.

격산타우(隔山打牛).

산을 이용해 소를 친다. 검을 쳤으나 검에는 일체의 여력도 소비하지 않은 채로 운산의 가슴을 후려친 것이다.

"캐애액!"

운산이 뒤로 날아가며 비명을 질렀다. 주변으로는 점점 적이 모여들고 있었으나, 적발라의 얼굴을 알아본 것인지 움직이지는 않고 있었다.

마치 먹이를 노리는 까마귀와 같다. 상대가 지쳐 쓰러지기를 구경하고 있는 것이다.

적발라가 운산을 향해 천천히 다가왔다.

"더 해볼 텐가?"

운산이 검을 지팡이 삼아 자리에서 일어났다.

"아직 나는 죽지 않았어."

적발라가 혀끝을 찬다.

"쯧쯧, 이쪽도 사정이 있는데 말이지, 자네는 너무하는구만."

알아들을 수 없는 말을 하는 적발라. 운산이 적발라를 노려보던 중에 피를 왈칵하고 쏟아냈다.

"웨에엑!"

피가 한 사발이나 토해진다.

색이 거무죽죽한 것이 죽은피가 분명했다. 중간 중간 내장 조각도 섞여 있는 것이 적지 않은 내상을 입은 듯했다.

운산이 자신의 떨리는 손을 바라보았다.

'얼마나 견딜 수 있을까?

한 시진?

반 시진은 견딜 수 있을까.

하다 못해서 일각만이라도.

부정적인 생각을 하자 눈마저 흔들리는 것 같다. 운산이 애써 자신의 눈을 비볐다.

"사형!"

저 먼 곳에서 우천이 소리치는 것이 들렸다. 자신이 오지 않자 우천이 직접 달려온 모양이다.

아무래도 황룡문도들은 무사히 이곳을 벗어난 듯하다.

운산이 온 힘을 다해 우천을 향해 소리쳤다.

"사제! 돌아가!"

우천이 무어라 소리치는데, 다른 이들이 외치는 소리에 묻혀서 잘 들리지 않는다.

"죽여 버려! 저놈이 오지 못하게 죽여 버려!"

"저놈의 목에도 황금이 걸려 있다! 죽여라!"

그 모습을 바라보던 적발라가 가볍게 발을 굴렸다.

쾅—

진각이 사방으로 뻗어 나가고 우천의 몸이 흔들렸다. 다른 사파인들은 갑작스러운 적발라의 진각으로 인해 모두 조용해졌다.

"길을 열어줘. 그 편이 더 재미있으니까. 그리고 육적께서도 그걸 원하고 계시니까."

적발라의 명을 받은 사파인들이 길을 열어주고, 우천이 대번에 그 길을 쫓아 운산을 향해 달려왔다.

우천이 운산을 흔들었다.

"사형, 사형, 괜찮습니까?"

운산이 고개를 들어 우천을 마주 본다.

"왜 돌아온 것이냐."

우천이 시큰거리는 코끝을 한번 쓸었다. 손에 검을 쥔 채로 그가 적발라를 노려보았다.

"여기 사형을 버려두고 가면 전 대사형한테 정말 뭐 털리도록 처맞을 겁니다."

"여기 있으면 죽을지도 모르는데? 웨엑!"

이번에도 피를 토해낸다. 세 번이나 연달아 피를 토해내자 머리가 어질어질하기는 했으나 조금 나아진 것 같다.

죽은피가 몸을 빠져나가서 생긴 일시적인 현상이다. 빨리 요상을 하지 않으면 언제고 죽은피는 다시 차오를 것이다.

"염라대왕보다 대사형이 무서우니까 말이죠."

우천이 씨익 웃었다. 지금 이 상황이 농을 던질 만큼 여유가 있는 상황이 아니었는데도 불구하고 우천은 농을 던져 보였다.

운산이 웃었다.

확실히 그들의 사형이 염라대왕보다 무서운 것은 사실이었다.

"그래, 염라대왕이 아무리 무서워 봐야 대사형만큼 무섭겠나."

"차라리 여기서 뼈를 묻지요."

운산이 고개를 끄덕였다. 몸이 좀 나아진 틈을 타서 자세를 바로잡고 적발라를 노려보았다.

적발라가 손뼉을 몇 번 마주쳤다.

"대단한 우애로군. 사형과 사제의 사이가 참 좋아. 하지만 걱정은 하지 말게. 죽을 일은 없을 테니."

인질로 잡으려는 것이다. 우천이 적발라의 말을 맞받아쳤다.

"그냥 죽여, 개새끼야! 안 그러면 혀를 깨물고 죽어버릴 테니까."

적발라의 미간이 꿈틀하며 단번에 공격이 날아왔다. 우천이 검을 사선으로 세워 적발라의 공격을 튕겨낸다.

손이 얼얼하기는 했으나 검을 놓칠 정도는 아니었다.

"사제 쪽은 입이 험하군. 사형에게 좀 배워야겠어."

그 말에 운산이 웃었다.

"지랄하네. 개자식아, 내 입도 만만치 않게 험하거든."

적발라의 미간이 꿈틀했다. 우천 때문인지 운산 역시 여유를 찾은 것 같았다.

"그렇군. 사형제 모두에게 교육이 필요하겠군."

운산과 우천이 단 한 마디로 적발라의 말을 받아쳤다. 굉장히 간단하고 짧은 말이었다.

"염병, 지랄을 한다."

第五章 지금까지 즐거웠냐?

황룡난신

"적발라가 늦는군."

삼적이 전방을 주시하며 말했다. 적발라의 실력은 믿을 만했다. 한데 이렇게 늦어지자 궁금증이 생길 수밖에 없었다.

삼적의 말에 육적이 자리에서 일어났다. 그 역시 궁금하기는 마찬가지였다.

그의 실력이라면 단번에 모든 황룡문도들을 죽이고 난신의 사형제만 인질로 쓰기 좋게 잡아올 수 있었다.

그런데 놀기라도 하는 것인지 이상하게 늦어지는 것이다.

"내가 한번 가보도록 하겠네. 흘흘흘."

삼적이 고개를 끄덕이고, 육적의 신형이 그 자리에서 꺼지듯 사라졌다.

적발라는 운산과 우천을 상대로 힘겨운 싸움을 벌이고 있었다. 운산의 경우에는 강기지경에 올랐기 때문에 언제든지 적발라의 머리카락과 동수를 이룰 수 있었고, 공격 면에서도 뛰어났다.

우천의 경우는 강기지경에는 이르지 못했지만 뛰어난 기교를 통해 적발라의 공격을 막아내고 있었다.

사량발천근과 이화접목을 적절하게 이용하는 수법에는 적발라마저 혀를 내두를 정도였다.

"이놈들!"

눈앞에 있는 쥐새끼를 언제든지 죽일 수 있을 것이라 생각했는데, 그것이 잘되지 않자 적발라가 분기탱천했다.

그의 머리칼이 두 쪽으로 갈라지며 양쪽으로 쏘아진다.

쐐애애액—

머리칼 하나하나가 무시하지 못할 위력을 가지고 있지만, 그것을 나누지 않고 겹치면 더욱 강한 힘을 발휘한다.

고작 두 갈래로 나누어진 머리카락이라도 엄청난 힘을 담고 있는 것이 분명했다.

운산이 적발라의 머리칼을 막기 위해 강기를 피워 올렸다.

그의 검에서 용린벽이 펼쳐졌다.

카가가가강—

용린벽과 적발라의 머리칼이 충돌했다. 용린벽이 깨어질 듯 흔들렸지만 깨지지는 않았다.

강기로 펼친 용린벽이라 이전과는 다르게 훨씬 강력했던 탓이다.

하지만 운산의 몸이 바닥을 깊게 파며 뒤로 밀려났다. 운산의 신발은 바닥이 다 찢겨 나갔고, 발의 뒤쪽으로는 흙이 발목까지 쌓일 정도였다.

우천을 향한 공격 역시 막아내었다. 강기에는 이르지 못했지만 가능한 한 검기를 최대로 뽑아내었다.

먼저 수 발의 강기를 황룡검탄의 수법으로 날려 머리칼의 힘을 줄인다. 그리고 줄어든 힘의 일부를 이화접목으로 흡수한 후에 사량발천근의 수법으로 막아내었다.

동시에 여러 개의 수를 펼치기 위해서는 엄청난 근육의 고통이 수반되었으나 막지 못하는 것보다는 나았다.

이번의 공격마저 막히자 적발라가 노성에 가득 찬 음성을 터뜨렸다.

"이 빌어먹을 놈들이!!"

적발라가 화가 난 이유는 간단했다. 그의 가슴을 세로로 가로지르는 검상 때문이다. 깊지는 않았으나 일 촌 정도만 더

깊었더라면 목숨이 위험할 뻔했다.

 방심하고 있던 차에 운산과 우천이 합공을 했고, 그때 입은 상처였다.

 고작 쥐새끼들에게 이토록 심한 상처를 입자 적발라의 자존심이 상한 것이다.

 적발라의 머리칼을 이용한 공세가 계속해서 이어졌다.

 공격을 할 조금의 틈도 주지 않는 공세가 이어졌기 때문에 운산과 우천은 호흡을 고를 시간도 없었다.

 하지만 확실한 것은 적발라의 공격이 이전과 같지 않다는 사실이었다. 이전에는 한 번의 충돌에도 손이 얼얼할 정도였는데, 이제 전혀 막지 못할 정도는 아니었다.

 손에 전해지는 고통 역시 기하급수적으로 줄어들었다.

 '적발라가 약해지고 있는 것인가?'

 문득 그런 생각이 들었지만 그것은 또 아니다. 그의 몸에서는 아직도 힘이 팔팔한 것이 느껴졌으며, 분노에 휩싸여 뻗어내는 공세는 이전의 그것보다 공기를 더욱 강하게 진동시켰던 것이다.

 그렇다면 확실하다.

 '성장하고 있다.'

 운산과 우천은 목숨을 경각에 달하게 할 정도의 실전을 치르며 성장하고 있었다.

지금까지는 그것이 얼마 티가 나지 않았으나, 불과 며칠 전부터 치러온 전장 속에서 쌓인 것들이 지금 터지고 있는 것이었다.

쌓이고 쌓여 거대한 산을 이루듯, 그들의 잠재 능력이 터진 둑의 물 쏟아지듯 흘러나왔다.

적발라도 그것을 느끼고 있었다.

그렇기에 더 화가 나고 초조해진다. 상대하는 적 둘 다 점점 성장하는 속도가 빨라지고 있다.

둘이 이 속도로 성장한다면 얼마 지나지 않아 적발라를 위협할 정도까지 올라오게 될 것이다.

적발라는 지금 화가 나서 느끼지 못하고 있었지만, 운산과 우천은 이미 지금도 적발라를 위협할 정도의 경지에 올라서 있었다.

다만 그 정도가 미미하여 크게 티가 나지 않을 뿐이었다.

"크윽!"

이번에 신음을 흘린 것은 적발라였다. 우천의 주먹이 적발라의 오른쪽 어깨를 때렸기 때문이었다.

신음을 흘린 적발라가 단번에 머리칼을 이용해 우천의 발목을 잡아챘다. 그대로 바닥에 메다꽂아버릴 생각이었다. 발목이 잡힌 우천의 몸이 회전했다.

휘리릭—

머리카락이 휘감긴 채로 우천의 몸이 허공에서 회전했다.

"사제!"

그 회전 때문인지 바닥에 떨어지는 낙하 시간이 길어졌다. 그 덕분에 운산이 대번에 우천을 향해 달려왔다.

강기를 검날에 집중시킨다.

그리고 서걱 하는 소리와 함께 적발라의 머리카락이 베였다.

적발라의 눈썹이 꿈틀한다.

지금까지 머리칼이 꺾일 듯 휘어진 적은 있었지만, 이렇게 잘린 적은 없었다. 우천이 바닥을 구르고 다시 자세를 잡았다.

적발라가 멍하게 자신의 잘린 머리카락을 바라보고 있다.

그의 눈 위로 붉은 마기가 치솟는다.

"이……"

입가가 부들부들 떨리는 것이 화를 숨길 수 없는 모양이다.

"이 죽일 것들이!!"

적발라가 분기탱천하며 공세를 펼쳤다. 머리카락이 부챗살처럼 쫙 갈라지며 운산과 우천을 노리고 들어온다.

머리카락 끝에서 묻어나는 진한 살기는 그가 진심으로 운산과 우천을 죽이려 하는 것이 느껴질 정도였다.

운산과 우천이 몸을 뒤집었다. 허공중에서 몸을 뒤집는 경신술. 휘릭 하는 소리와 함께 포물선이 그려지고, 운산의 몸이 뒤에서 나타났다.

"놓치지 않는다!"

적발라의 머리카락이 운산이 그려낸 포물선을 정확하게 쫓아왔다.

계속 피하기만 한다면 세상의 끝이라도 쫓아올 기세다. 운산이 검을 들었다.

화악—

검 위로 검강이 타오르고, 강기와 적발라의 머리칼이 연달아 충돌한다.

카앙— 캉캉—

적발라의 공격은 수도 없이 많다. 그 모든 공격을 단 하나의 검으로 막아내기 위해서는 쾌(快)의 묘리를 연달아 담아내는 수밖에 없었다.

운산의 검이 눈으로 쫓기 어려울 정도로 빨라졌다. 종국에 이르러서는 허공중에 획획 잔상이 남아 검이 하나가 맞는지조차 의심스러울 정도로 빨라졌다.

'공수의 전환이 이토록 자연스럽다니!'

이전까지만 해도 공수의 전환에서 틈이 보였는데, 그사이에 또 성장한 것인지 이제는 보이지 않았다.

적발라가 모든 머리칼을 끌어왔다. 그러고는 운산을 향해 거침없이 몰아치기 시작했다.

폭풍과 같은 공세. 운산의 온몸이 난자되듯 머리칼이 운산을 때렸다.

콰과과과광—

양옆으로 폭음이 피어오르고 바위가 튀었다.

다행히도 운산의 몸이 난자되지는 않았다. 종이 한 장 차이로 모든 공세를 간신히 피해낸 덕에 난자된 것은 몸이 아니라 옷이었다.

조각조각 잘려 나간 상의가 떨어져 내리고, 하의 역시 볼품없는 걸레짝이 되어 있다.

그 속으로 완전히 피해내지 못한 공세의 흔적이 남아 있었다.

셀 수 없을 정도의 상처가 운산의 온몸 위로 흐른다. 다행히 상처가 깊지 않아 출혈이 많지는 않았다.

하지만 그 수가 너무 많았다.

적발라가 운산을 노려보며 웃었다.

"호호호, 너도 이제 오래 버티지는 못하겠구나."

적발라의 눈이 붉은색으로 물들어 있다. 절대로 당할 리 없을 것이라는 애송이들에게 허용한 두 번의 공격. 그것이 그의 자존심을 있는 대로 붕괴시켰다.

지금까지 쌓아온 자존심이 붕괴되자 속에서 꿈틀거리던

마성이 일어났다.

그 마성이 눈으로 뻗쳐 붉은 마기가 뿜어지는 것이다.

적발라의 몸이 운산을 향해 뛰쳐나갔다.

"저승 구경을 시켜주마!"

운산 역시 적발라를 향해 쏘아졌다.

"저승 구경은 늙은이가 먼저 하시지!"

둘의 치열한 접전이 이어지고, 우천이 그 둘 사이로 녹아들었다.

기운을 주변과 동화시킨다.

본래의 적발라라면 단번에 우천의 움직임을 알아챘겠으나, 그의 시선은 지금 온통 운산을 향해 쏠려 있다.

점점 성장해 오는 운산의 속도가 너무나도 두려웠기 때문이다.

그래서 우천의 성장 속도를 잊었다.

우천은 접전을 거치며 적발라의 이목을 어느 정도 속일 만큼 올라섰다. 그리고 이성을 잃고 시선은 운산에게만 집중시키고 있는 적발라에게는 충분히 통했다.

우천의 기감이 허공중으로 녹아들며 사라진다. 황룡문의 무공인 은룡보(隱龍步).

은룡이 그림자를 타고 넘었다. 향하는 곳은 적발라의 뒤쪽. 머리칼이 모두 앞으로 쏟아지며 운산과 접전을 나누고 있던 터라 적발라의 목이 그대로 드러났다.

우천이 눈을 빛내었다.

비록 강기지경에 오르지는 못했지만, 검기라면 충분히 적발라의 목을 베어낼 수 있다.

우천의 몸이 단번에 적발라의 뒤쪽에서 솟구치고, 검이 높게 들어 올려졌다. 이대로 내리그어 버린다면 단번에 적발라의 목을 베어낼 수 있을 것이다.

'베어낸다!'

검기가 요란하게 솟구친다.

우천의 검이 허공을 가르고 적발라의 목에 닿는 순간, 머리칼이 움직여 우천의 검을 막아내었다.

타앙—

머리칼과 충돌한 우천의 검이 반발력으로 인해 나가떨어지고, 우천의 몸 또한 허공을 나뒹굴었다.

쐐애액— 파악—

길어진 머리칼이 우천의 어깨를 꿰뚫었다. 왼쪽 어깨가 그대로 박살이 나듯 뚫린다. 우천이 피를 왈칵 토했다.

"커헉!"

우천의 공격을 방어하고 다시 반격까지 성공하기는 했으나, 적발라 역시 매우 놀란 상태였다. 눈앞에 거친 호흡을 몰아쉬고 있는 운산, 그에게 모든 신경을 집중한 탓도 있었지만, 우천의 성장 속도 역시 놀라울 정도였다.

검기를 끌어올리지 않았다면 적발라 역시 눈치채지 못했을 것이다.

적발라가 자신의 목을 만졌다.

"큰일 날 뻔했군."

정말로 죽을 뻔했다. 우천은 왼쪽 어깨가 박살 났다. 운산은 이제 움직일 힘마저 없어 보인다. 그제야 문득 육적이 했던 말이 떠올랐다.

둘은 죽이지 말라고 했다. 아직 죽지는 않았으니 상관없을 것이다.

그렇게 생각하고 운산을 바라보려는 찰나, 거대한 기운이 움직였다. 적발라가 반사적으로 시선을 움직여 기운이 솟구치는 곳을 바라보았다.

자신의 아래!

"설마……."

강기.

운산의 검에서 강기가 솟구치고, 단번에 적발라의 머리를 통째로 배어버렸다.

적발라는 하려던 말도 채 다 마치지 못하고 목과 어깨가 분리되어 버렸다.

푸확—

피가 분수처럼 솟구쳐서 폭포수마냥 떨어져 내린다.

"큰일은 지금부터… 헉헉… 났지. 헉헉!"

운산이 거친 숨을 몰아쉬었다. 적발라가 죽자 사파인들 사이에서 동요가 일어났다.

그토록 강해 보이던 적발라가 비록 합공이라고는 하나 둘의 손에 죽은 것이다.

운산이 그 틈을 타서 움직이지 않는 몸을 이끌고 우천을 향해 다가갔다.

우천은 왼쪽 어깨를 파고든 적발라의 공세로 인해서 피를 쏟아내고 있었다.

우천이 걸레짝이 되어버린 바지의 일부를 찢어 우천의 어깨를 동여맨다.

"허억! 허억! 사제, 허억! 괜찮나?"

운산의 말에 우천이 고개를 끄덕였다.

"예. 후욱! 후욱! 괜찮습니다."

피가 많이 나기는 했으나 뼈가 상한 것은 아니었다. 운이 좋게도 적발라의 공격은 정확하게 뼈 아래를 관통한 것이다.

근육이 끊어지기는 했지만, 영영 팔을 쓰지 못하게 될 정도는 아니었다.

운산이 안도를 하며 고개를 끄덕이고 주변을 바라보았다.

많은 사파인들이 적발라의 죽음에 당황한 표정으로 운산과 우천을 바라보고 있었다.

지금에야 그들이 당황한 표정을 지어 보이고 있었지만, 곧 운산과 우천이 지쳤음을 알고 공격을 계속할 것이다.

그전에 이곳을 빠져나가야 한다.

'허장성세.'

운산이 단내가 날 정도로 지친 입안을 간신히 침을 모아 축였다. 그리고 단전에서 내공을 끌어올려 들이쉰 숨과 함께 폐부 깊은 곳까지 보냈다.

동시에 우천을 부축한다.

그가 검을 거칠게 휘둘렀다. 검강이 타오르며 바닥을 갈랐다.

쩌저적—

더 이상 검강을 피우지는 못할 것이다. 그 정도의 내공이 남지 않았기 때문이다.

운산이 폐부 깊숙이 들어간 내력을 숨과 함께 끌어내었다.

"비켜라! 다 베어버리겠다!"

땅이 갈라질 정도의 검강을 떨쳐 보이며 소리치자, 놈들이 허세인 것을 느끼면서도 조금씩 물러나기 시작했다. 저 정도의 강기를 한 번만 더 날린다고 하면, 딱 한 번만 더 날릴 수

지금까지 즐거웠냐? 131

있다고 해도 죽을 것이 분명했기 때문이다.

누군가가 먼저 뛰어나가 주기를 원하면서도 그 누군가가 자신이 될 생각은 하지 못했다.

그들이 주춤거리며 물러나자 운산이 자리에서 일어났다. 빠져나갈 틈은 지금뿐이라는 사실을 본능적으로 느낀 것이다.

운산이 막 몸을 움직이려는 찰나였다.

짝―

허공중에 박수 소리가 울린다. 그 속에 담겨 있는 적지 않은 내력을 운산은 느낄 수 있었다.

비단 운산만이 느낀 것이 아니다. 우천도, 이 자리에 있는 모든 이들이 그 속에 있는 내력을 느꼈다.

운산이 소리가 들려온 방향을 향해 고개를 돌렸다.

그곳에 서 있는 이는 붉은 경장 차림의 노인이었다. 길게 길어 내린 수염이 가슴 언저리까지 내려오는 노인, 노인이 손바닥을 치며 운산과 우천을 향해 걸어왔다.

짝짝짝―

"허허허, 적발라가 왜 죽었나 했더니 자네들의 무위가 생각보다 뛰어났기 때문이로군. 대단한 실력일세."

노인은 운산과 우천을 추켜세우는 것이 분명했으나, 그들은 칭찬을 칭찬으로 받지 못했다.

노인의 몸에서 풍겨지는 기세가 피부 위로 따끔거리게 내려앉은 것이다.

노인의 존재감은 따로 겨뤄보지 않아도 얼마나 강한지 알 수 있을 정도였다.

운산이 긴장을 유지한 채로 노인에게 물었다.

"당신은 누구십니까?"

그 말에 노인이 빙긋 웃는다. 자애로운 이웃의 노인 같은 인상이나, 왠지 모르게 그 속에 조소가 담겨져 있다고 느껴진다.

"글쎄… 누구였으면 하는가. 달리 원하는 사람이라도 있는 것인가?"

"우문현답을 바라는 것이 아닙니다. 달리 선문답을 할 생각도 없습니다. 질문을 바꿔 하겠습니다. 당신은 적성의 사람입니까?"

운산의 물음에 노인이 고개를 끄덕였다.

"육적이라고 한다네."

육적!

일성을 제외하고서 적성에서 가장 강한 이들을 뽑아보라면 칠적이다. 그중 서열 여섯째에 위치하고 있는 이가 육적인 것이다. 운산이 육적의 눈을 피하지 않고 정면으로 마주 보았다.

"달리 궁금한 것이 있는가?"

운산이 고개를 끄덕였다. 그의 시선이 자신과 육적을 포위하고 있는 사파인들에게로 향한다.

"이들은 적성의 사람입니까?"

육적이 고개를 저었다.

"이런 하수들은 적성에 필요없네. 하여 우리 식구라고 할 수는 없겠군."

그렇다면 이 많은 사파인들을 도대체 어떻게 동원했다는 말인가?

운산이 묻기도 전에 육적이 먼저 답했다.

"다만 삼적의 장기말인 것은 분명하네."

삼적, 칠적 중 서열 세 번째에 위치한 사람. 그 사람의 장기말이라니, 이건 또 무슨 소리일까.

"그게 무슨 소리입니까?"

"선문답을 하려는 것은 아니라 했으니 직접적으로 말해주지. 삼적은 사파의 지존이라네."

"갈무혁!!"

듣고만 있던 우천이 그의 이름을 크게 소리쳤다. 우천의 외침에 육적은 정말로 잘 맞히었다는 듯 기분 좋게 껄껄거리며 웃었다.

물론 고개를 끄덕이는 것을 잊지 않았다.

"잘 알고 있구만. 바로 그일세. 이들은 그의 장기말이지."

"갈무혁이 적성의 사람이 되었다는 말이오?"

운산이 의아해하며 물었다. 사파의 지존이라 하면 상당히 자존심이 강할 것인데, 그런 사람이 왜 하필이면 적성으로 들어갔다는 말인가?

운산의 말에 육적이 고개를 절레절레 흔들어 보인다.

"아닐세. 그는 태어날 때부터 적성의 사람이었네. 그저 장기말이 필요했기에 사파의 지존이 되었을 뿐. 그보다 지금 죽을 위기에 처해 있는 것 같군."

앞에는 육적이요, 사방에는 그들의 목에 걸린 돈을 탐내는 사파인들이다. 일촉즉발의 상황. 운산과 우천은 아무런 말도 하지 않고 육적을 노려보았다.

지금 이 상황을 만든 것이 누구인데 태연자약하게 그런 말을 한다는 말인가.

"그래서 내 자네들이 살 수 있는 길을 하나 제시하고자 하네."

"그것이 무엇이오?"

운산의 물음에 육적이 손가락으로 자신의 가슴을 꾹꾹 눌렀다.

"간단한 일일세. 나의 제자가 되게. 본래는 자네들을 난신을 유인하는 인질로만 쓰려고 했는데, 자네들의 성장 속도를

지금까지 즐거웠냐?

보니 생각이 바뀌더군. 허허허. 아니, 탐이 났다고 해야겠군."

적성의 일곱 절대자, 그들 중 여섯 번째라고 할 수 있는 육적의 제안이다. 누군들 한 번쯤 마음이 기울어질 법한 제안. 하나 운산과 우천은 단호하게 고개를 흔들어 거부했다.

"거부하겠소."

그 말에 육적이 매우 안타깝다는 듯 혀끝을 차더니 운산과 우천을 노려보며 말한다.

"결국 권주를 마다하고 벌주를 선택하겠다는 것인가?"

"황룡문을 배신하는 것이든 대사형을 유인할 미끼가 되는 것이든 무엇 하나 권주인 것은 없소. 어차피 모두 벌주이니 부러 벌주를 마실 것이라면 배신자라는 낙오를 쓰는 벌주를 마시고 싶지 않았을 뿐이오."

"배신자라는 낙오가 마음에 걸렸던 것이군."

육적의 시선이 사파인들의 뒤쪽, 저 먼 곳을 향했다. 우천이 황룡문도들을 이끌고 탈출했던 방향이다. 아마 그쪽으로 시선을 계속해서 뻗으면 꽤나 먼 거리에 떨어져 있는 황룡문도들을 발견할 수 있을 것이다.

"저들이 문제라면 내 저들을 죽여주지. 증인이 없으니 자네들을 배신자라 부를 이는 없을 걸세."

"그래도 거부하오."

"난신이 문제라면 걱정하지 말게. 그는 우리의 손에 죽을 것이 분명하니."

그 말에 운산과 우천이 이구동성으로 소리쳤다.

"말도 안 되는 소리! 대사형은 절대로 죽지 않소!!"

모든 제안을 거절당한 육적이 운산과 우천을 향해 다가왔다.

"자네들은 결국 인질 이상의 가치는 없었던 것이군. 안타까운 일이네만, 자네들의 결정을 존중하겠네."

그가 운산과 우천을 잡으려는 듯 손을 뻗었다.

단순한 움직임이 분명한데, 그들의 몸은 무언가에 묶이기라도 한 듯 움직일 수가 없다.

"이, 이게 대체!!"

그들의 놀람에 육적이 손을 천천히 뻗는 와중에도 친절하게 답을 해주었다.

"그저 별것 아닌 잔기술에 불과하다네."

그의 손에서 기류가 화악 일어나더니 운산과 우천의 몸을 끌어당겼다. 흡자결을 이용한 허공섭물의 극의는 사람을 잡아당길 정도로 강력한 것이다.

운산과 우천은 딸려가지 않기 위해 갖은 수를 쓰며 버텨보려 했지만, 그것은 쉬운 일이 아니었다.

주르륵—

그들의 몸이 딸려가기 시작한다.

육적이 손가락을 꿈틀거렸다.

"내 자네들에게 마지막 자비를 베풀어주지. 혈을 짚겠네. 자고 일어나 있으면 모든 것이 끝나 있을 걸세. 허허허."

운산과 우천이 이를 악물었다.

버티려고 해보아도 도무지 절대의 거력은 버틸 수가 없다.

'대사형!'

속으로 자운을 울부짖었다.

대사형이 올 때까지 버텨야 하는데, 조금만 더 버티면 끝나는데!

절망이 치솟았다.

육적의 손가락이 운산의 몸에 닿았다. 단번에 운산의 몸은 추욱 늘어질 것이다.

한순간, 모든 움직임이 멈췄다.

찰나의 정적이 흐르며 그 어떤 누구도 소리를 내지 않았고, 그 와중에 누군가의 침 삼키는 소리가 유난히도 크게 들렸다.

분명 육적의 손가락은 운산에게 닿아 있었다. 하지만 단지 닿아 있을 뿐, 그 이후의 행동은 이어지지 못했다.

그 손가락은 누군가에게 붙잡혀 있었다.

육적이 옆을 돌아보자, 용모파기에서 보았던 익숙한 얼굴이 보였다.
 철혈난신 천자운, 그가 육적의 손가락을 움켜쥔 채로 서 있었다.
 "개새끼야, 지금까지 즐거웠냐?"
 자운이 육적을 집어 던졌다.

第六章
요거나 먹어라

황룡난신

 갑작스럽게 일어난 일에 육적은 반항 한번 해보지 못하고 그대로 허공을 날았다.
 손가락 마디가 자운에게 잡힌 채로 허공을 향해 휘둘러졌기 때문에, 그에게 잡힌 중지는 보기 흉측할 정도로 뼈가 어긋나 있었다.
 "허허허."
 허공중에서 허허로운 웃음이 들렸다. 육적이 실 끊어진 추마냥 힘없이 날아가다가 허공에서 몸을 회전했다. 몇 번 회전하던 그의 몸이 가볍게 바닥 위로 내려선다.

흡사 무당의 제운종(梯雲縱)과 같은 움직임이었다.

모두의 눈에 육적이 자운에게 내팽개쳐진 모습이 각인되었다. 수군거림이 흘러나왔다.

"철혈난신……."

육적이 이전과 같이 허허로운 웃음소리는 집어치웠다는 듯 자운을 향해 낮게 으르렁거렸다.

쐐애액!

자운이 빠르게 고개를 숙였다. 다른 팔로 운산과 우천의 머리를 눌러 자세를 낮추는 것도 잊지 않았다.

방금 전까지 그의 머리가 있던 자리 위로 검이 지나갔다.

강기가 넘실거리는 검, 이기어검이 분명했다.

자운의 머리카락 몇 개가 잘려 허공에서 나풀거리며 떨어졌다.

자운이 고개를 들어 자신을 노렸던 어검을 흘깃 보더니 다시 몸을 돌려 운산과 우천을 바라보았다.

"이그, 이 손이 많이 가는 꼬맹이들아, 최대한 멀리 떨어져 있어라."

말을 하며 자운이 가볍게 손을 휘둘렀다.

퍼엉―

단번에 공기가 터져 나가며 힘이 질주했다. 엄청난 장력이 사파인들 사이를 가로질렀다. 지금까지 황룡문도들을 괴롭

혔던 것을 용서하지 않겠다는 듯 자운의 손속에는 거침이 없었다.

사파인들의 육편이 사방으로 비산하고 피가 튀었다. 일장에 사파인 사이로 강제로 길이 벌어졌다.

자운이 그 길을 향해 턱짓을 했다.

"최대한 멀리 가라. 나머지 이야기는 그 후에 듣도록 하자."

운산과 우천의 눈동자가 떨렸다. 그들의 대사형이 절대의 고수라고는 하지만 이곳은 적지 한복판이다.

그런 곳에 자운을 두고 간다는 사실이 마음에 걸렸던 것이다.

"대사형……."

그들의 생각을 읽은 자운이 손으로 탁 그들의 등을 떠밀었다. 왼팔은 아직 자유롭게 쓸 수 없으니, 한 손으로 각기 한 대씩 때렸다.

"걱정 말고 도망가라. 나중에 줄 게 있으니까 꼭 찾아갈 거다."

확답하듯 말하는 자운의 말에 운산과 우천이 고개를 끄덕였다. 그사이 사파인들은 자운이 만들어놓은 길을 다시 막아 나가고 있었다.

쐐액—

자운의 손이 허공을 가르는 소리가 다시 터져 나왔다.

"길을 열어, 개자식들아! 다 죽여 버리기 전에!"

"으아악!"

"내 팔, 내 파일!"

"내 다리가 잘려 나갔어! 으아악!"

사파인들 사이에서 비명이 흘러나오며 아비규환 사이로 다시 길이 열렸다. 자운에게 등이 떠밀린 운산과 우천이 그 사이로 뛰었다.

그들이 나가는 것이 보이자, 자운이 고개를 돌려 다시 육적을 바라보았다.

이기어검으로 허공을 배회하던 검은 어느새 육적의 손에 다시 들려 있다.

유성과 같이 무거운 검법, 매화검선이 죽은 장소에서 익히 보았던 검법이다.

조심해야 할 검법이기도 하다.

자운이 육적을 바라보며 손을 흔들었다.

"고맙군."

운산과 우천을 보내주는 것을 기다려 주어 고맙다고 말한 것이다. 육적은 언제 낮게 으르렁거렸냐는 듯 다시 허허롭게 웃으며 자운에게 화답해 주었다.

"허허, 고맙기는. 본래부터 우리의 목적은 자네가 전부였네."

"그것 참 고마운 말이군."

운산이 단전을 열었다. 천산에서 감숙까지 쉬지 않고 질주하면서 세 번째 황룡이 깨어났다.

조건은 한계를 돌파한 빠름, 쾌(快)였다.

자운의 주변을 세 마리의 용이 휘감는다.

첫 번째는 패룡이었으며 두 번째는 호룡이다.

그리고 마지막은 가장 최근에 깨어난 비룡(飛龍)이었다.

섬전과 같은 빠르기를 자랑하는 비룡, 패룡을 선두로 세 마리가 울었다.

우우우우우우우―

우우―

우우우우우―

용 울부짖는 소리에 사파인들이 귀를 막으며 자리에 주저앉았다. 내공이 부족한 이들은 견디지 못하는 것이다.

"크아아악!"

"내, 내 귀! 내 귀이!"

자운의 내공을 견딜 만한 이는 세상에 몇 없다. 육적마저 미간이 꿈틀 움직였을 정도니 말이다.

"내공이 엄청나구만."

"뿐만 아니라 정순하고 깊기까지 하지."

넉살 좋게 받아치는 자운. 육적의 발이 흔들렸다.

"시험해 보기로 하지."

피잉—

육적의 신형이 사라졌다.

단번에 나타난 곳은 바로 자운의 뒤쪽이었다. 놈의 검이 흔들리듯 움직였다.

중심을 잃은 듯 끝이 흔들리고 있었지만, 자운은 느낄 수 있었다. 그 속에 담긴 유성의 거대한 힘을. 자운이 침을 꿀꺽 삼켰다.

조금이라도 실수했다가는 그 자리에서 목이 달아난다.

자운의 몸이 움직였다.

발이 보법을 밟고, 교룡번신의 수법과 철판교가 동시에 펼쳐졌다. 자운의 몸이 인간의 몸으로는 불가능할 것만 같은 각도로 기이하게 꺾여졌다.

육적의 공격이 단번에 허공을 갈랐다.

허공을 갈랐음에도 불구하고 그 속에 담긴 힘이 적지 않았던 터라 풍압이 날아왔다.

날카로운 풍압이 자운의 얼굴을 때렸다.

"바람 한번 참 난폭하게 부네."

자운의 몸이 바람 속으로 녹아내렸다. 단번에 바람을 타고 움직였다.

용이 구름을 휘감고 바람을 부린다.

운해황룡과 풍룡신탄이 동시에 펼쳐졌다.

자욱한 모래먼지가 일어나며, 풍룡신탄이 육적을 향해 쏘아졌다.

한 발이 아니다.

동시에 여러 발에 이르는 풍룡신탄이 거침없이 나아갔다.

콰과과과—

대기가 진동하며 흔들렸다.

"흐읍!"

육성이 자운의 공격을 막기 위해 호흡을 들이쉬었다. 호흡이 진기를 타고 사지백해로 뻗어 나가 단전을 돌아 내공을 끌어 올려온다.

육성의 검이 아홉으로 갈라졌다.

어느 것도 허초가 아니었으며 진상이다.

아홉 개의 검이 모두 유성을 머금었다.

쾅 하는 소리와 함께 대지가 흔들리고, 유성과 풍룡신탄이 연이어 충돌했다.

쾅쾅쾅—

폭음이 울리고, 세상이 절단 날 듯 허공이 쪼개졌다.

마침내 유성과 풍룡신탄의 충돌이 끝이 나고, 육적이 자운을 찾았다.

자욱한 먼지 속에 모습을 숨기고 있는 자운, 그가 기감을 일으켰다.

육적의 몸에서 일어난 기감은 단번에 자운을 쫓는다.

"거기냐!"

육적이 소리치며 검을 휘둘렀다. 하지만 갈리는 곳에는 모래먼지만이 있을 뿐이다.

콰콰콰콰—

육적이 연달아 공세를 펼쳐 내었다. 자운이 그 속에서 빠르게 움직이며 피해내고, 계속해서 모래먼지를 피워 올린다.

세상이 빙글빙글 돌았다.

모래먼지가 일어나며 하늘을 향해 용권풍이 치솟았다.

콰앙—

풍룡신탄이 연달아 육적을 향해 날아든 것이다.

육적이 몸을 움직여 모든 풍룡신탄을 피해내었다.

그리고는 자신의 뒤쪽을 향해 검을 휘두른다.

캉—

자운의 몸이 주르륵 밀려났다.

"아직 안 끝났는데?"

자운이 이죽거렸다.

육적의 바로 뒤에서 패룡이 그를 씹어 삼킬 듯 밀고 들어왔다

우우우우—

패룡의 울음소리가 사방으로 퍼져 나가고, 육적이 검을 뒤로 세웠다.

"알고 있었네."

그의 검과 패룡의 어금니가 충돌하고, 육적의 몸이 한차례 크게 흔들리기는 하였으나 버텨냈다.

자운의 공세는 끝난 것이 아니었다.

"미안한데 또 남았어."

이번에는 비룡이었다.

비룡이 인간의 인지를 벗어난 속도로 육적을 향해 내달렸다.

육적이 손을 뻗었다. 한 손으로 비룡을 막으려 하는 것이다. 자운의 눈썹이 꿈틀했다.

"본 문의 황룡무상십이강이 그렇게 만만하게 보이더냐?"

비룡이 자운의 의지를 받았다.

분뢰의 속도로 육적을 향해 질주하면서도 나지막이 울음을 터뜨렸다.

우우우우―

그리고 육적의 손과 비룡이 충돌했다.

육적의 손이 변화를 일으킨다. 그것은 마치 일곱 개의 별이 회전하는 모습 같았다.

단번에 비룡의 힘이 일곱 갈래로 갈라졌다.

엄청난 속도로 힘을 동반하던 비룡이었지만, 그 힘이 일곱 개로 나누어지자 그리 강하지는 않았다. 손으로도 충분히 막을 수 있을 정도였다.

그의 손이 떨렸다.

파르르르―

단번에 일곱 개의 기운을 쳐 낸다.

쳐 낸 기운 중 하나를 들어 자신의 뒤에서 검과 힘겨루기를 하고 있는 패룡을 때렸다.

콰콰콰광―

패룡의 몸이 틀어지고, 그 잠깐의 틈을 타서 육적이 자운을 향해 내달렸다.

파사사샷―

허공이 갈라지는 소리가 나며 육적이 검을 수직으로 내리찍었다.

쩌엉―

자운이 횡으로 세운 검과 육적의 검이 충돌한다.

자운의 주변으로 대지가 쩌저적 하고 갈라졌다. 검과 검의 충돌로 쏟아지는 힘 때문에 자운과 육적을 둥글게 감싸고 있던 사파인들이 물러났다.

"으아아악!"

물러나지 못한 사파인들은 비명을 지르며 몸이 붕괴되는

수밖에 없었다.

이것이 절대에 오른 고수들의 싸움이다.

육적의 검이 다시 들어 올려지고, 그 틈을 노린 자운의 검이 공간을 찢었다.

단번에 공간을 가르며 황룡이 쏘아진다.

황룡검탄!

운산이나 우천이 보내던 황룡검탄과는 형체부터가 다르다.

고작 꿈틀거리는 검기에 불과하던 운산과 우천의 황룡검탄과는 달리, 자운의 황룡검탄은 비늘 하나하나가 선명하게 보일 정도로 완벽한 황룡의 모습을 이루고 있는 강기였다.

육적이 그대로 허공을 밟아서 물러났다. 그가 물러서자 이번에는 패룡과 비룡이 움직였다.

패룡의 거대한 존재감이 하늘에서 노닐고, 어금니가 육적을 향해 내리꽂혔다.

패룡이 입을 벌리고 육적을 단번에 삼켜 버리려는 듯 날아왔다.

육적이 검을 흔들었다.

그의 검끝에 유성의 기운이 담기고, 하늘을 질주하는 별의 힘이 그대로 검에 집중되었다.

콰앙―

유성과 황룡이 충돌했다. 팽팽하게 맞서는 기의 격돌, 그 사이로 분뢰의 속도를 자랑하는 비룡이 날았다.

쐐애애애액—

비룡이 움직이고 찰나가 지난 후에야 소리가 들렸다.

음속을 돌파한 속도. 육적이 본능적으로 몸을 비틀었다.

콰앙—

육적의 바로 옆으로 길게 비늘 자국이 생기며 꿈틀거리는 용이 지나간 듯한 골이 형성되었다.

육적이 솔직한 탄성을 토했다.

"엄청나군!"

"뭘 칭찬까지야!"

자운이 답하며 세 마리의 황룡을 거두어들였다.

지금까지는 간을 본 것이다. 서로의 실력을 알아보며 탐색전을 펼쳤다는 말이다. 자운과 육적의 기운이 허공중에 얽혀들었다.

파지짓—

기운의 충돌만으로 불똥이 튀고, 자운이 몸을 날리며 황룡신검을 뻗었다.

패애애애애액—

허공이 황룡의 어금니에 갈가리 찢어졌다. 단번에 황룡의 아가리가 황룡신검에 솟구치고, 피할 수 없을 것만 같은 공격이 육적을 때렸다.

육적이 내공을 다리로 움직여 축을 바닥에 단단히 고정시켰다. 그리고는 발끝에서부터 뿜어낸 기운을 이용해 몸을 겹겹이 덮어갔다.

세 겹에 이르는 호신강기가 육적의 몸을 완전히 덮었을 때, 자운이 만들어낸 황룡의 입과 육적의 호신강기가 충돌했다.

쾅—

콰지직—

두 개의 호신강기가 산산이 부서지는 소리가 났다. 세 번째 호신강기마저 부서질 듯 철렁했으나 부서지지 않고 자운의 공격을 견뎌내었다.

"역시 세 겹이면 충분했군. 허허허."

육적의 몸은 전혀 밀려나지 않았다.

그것이 자신이 우세한 증거인 줄 알았는지 육적이 허허로운 웃음을 흘렸다. 자운이 허공에서 호신강기를 내려치고 있는 그대로 마주 웃었다.

"글쎄, 그건 내 공격이 한 번으로 끝났을 때 이야기지."

이전처럼 큰 기술을 쓸 시간은 없지만, 검에 남은 여력을 이용해 연격을 펼친다.

쐐애액—

일격(一擊).

패액—

이격(二擊).

콰앙—

삼격(三擊).

쩌엉—

사격(四擊).

여력을 이용한 공격이 연달아 네 번 더 이어지자, 호신강기가 산산이 부서졌다. 그 틈을 비집고 자운의 검이 들어갔다.

"나 역시 기다리고 있었네!"

호신강기가 부서지기만을 기다린 것은 비단 자운만이 아니다.

육적 역시 단단한 껍질 속에 숨어 반격의 기회를 엿보고 있었던 것이다.

검이 바닥에서 하늘로 솟구쳤다.

향하는 곳은 자운의 검이었다. 유성이 하늘에서 떨어지는 것이 아니라 솟구쳤다.

별이 떨어져 바위가 되는 것이 아니라, 바위가 솟구쳐 유성이 되었다.

유성과 자운의 검이 충돌하고, 여력을 연격으로 모두 소비한 자운의 검이 밀렸다.

"캐액!"

자운이 날아 바닥을 굴렀다. 허공을 회전해 충격을 줄일 생각이었는데, 생각보다 충격이 강해서 줄여지지 않았기 때문이다.

다행히 신검이 이름값을 하는 것인지 부서지지는 않았다.

다만 아직도 모두 해소되지 않은 떨림이 남아 진동하고 있을 뿐이다.

지이이잉—

"윽."

자운이 신음을 흘리며 내공을 신검에 불어넣었다. 주인의 내공을 받아들인 황룡신검이 떨림을 멈추며 투명한 황금빛이 났다.

육적의 몸이 그 자리에서 사라졌다. 자운의 머리 위로 유성이 떨어졌다.

자운이 호룡을 움직였다. 호룡과 유성이 충돌한다.

쾅—

호룡의 몸이 한순간 휘청했다.

금강불괴의 방어력을 가진 호룡이라 할지라도 패도 일변도, 그중 단연 손에 꼽히는 육적의 무공에는 흔들리는 수밖에 없었다.

자신이 흔들린 것이 기분이 나빴던 것인지 호룡이 크게 울었다.

우우우우—

"그래, 기분 나쁘면 가서 씹어야지."

호룡이 다시 자운의 주변으로 돌아오더니 몸을 배배 꼬았다. 뱀의 똬리처럼 몸을 만든 호룡. 용수철은 줄어들면 다시 튕겨 나가게 마련이다.

호룡 역시 그랬다.

콰앙—

허공이 갈가리 박살 나며 호룡이 솟구쳤다. 연달아 패룡이 함께 솟구친다.

호룡의 강도와 패룡의 힘이 만났으니 정면으로 막는다면 육적 역시 무사하지 못할 것이 분명했다.

"너도 한번 맞아봐. 얼마나 아픈지."

"허허, 노인을 때릴 생각인가?"

자운이 소리쳤다.

"꺼져! 내 나이가 너보다 두 배는 많아!"

콰앙!

육적의 신형에 그대로 호룡과 패룡이 꼬라박혔다. 이번에는 호신강기도 끌어 올리지 못했으니 분명히 충격이 들어갔을 것이다.

"큰일 날 뻔했군."

호룡과 패룡에게 공격을 당한 육적의 신형이 흔들리며 사라졌다. 그는 십여 장 정도 떨어진 곳에 서 있는데, 미처 다 피하지 못한 것인지 손에 남은 상처 자국을 바라보고 있었다.

"이형환휘! 예상하고 있었다!"

자운이 그 정도는 이미 예상하고 있었다는 듯 소리쳤다.

콰드득—

섬뜩하게 땅 갈라지는 소리가 나며 어느새 비룡이 육적을 덮쳐 가고 있었다.

"굉장하군. 하지만 한 마리라면 못 막을 것도 없지."

육적이 검을 횡으로 그었다. 단번에 비룡의 아가리를 베어 버리려는 듯한 칼질. 검끝에서 유성의 기운이 화악 일었다.

일어난 기운과 자운의 기운이 충돌한다.

번쩍—

한순간 허공에서 번개가 떨어진 듯 빛이 터져 나왔다. 그리고 그 빛이 가셨을 때 사파인들의 눈에 들어온 것은 팽팽하게 힘겨루기를 하고 있는 황룡과 육적의 검이었다.

둘 모두 한 치의 밀림도 없다.

그 순간, 호룡과 패룡이 연달아 울며 몸을 움직였다.

우우우—

측면과 상단을 점해 버리는 공격. 육적이 호신강기를 입었다. 이번에는 다섯 겹에 이르는 호신강기. 두 마리의 황룡무상십이강이 노리는데 세 겹으로는 부족할 것이라는 생각을 했기 때문이었다. 육적의 몸과 패룡과 호룡이 충돌했다.

패룡의 힘은 압도적이다.

호룡의 힘은 패룡에 비할 바는 아니지만 그 강도가 금강불괴에 준할 정도라 적중당하면 적지 않은 충격을 입게 된다.

콰앙—

호신강기가 산산이 부서지며 육적의 몸이 허공을 날았다. 하지만 충격은 없을 것이다.

자운은 느낄 수 있었다.

'충돌하기 직전에 몸을 뒤로 빼서 충격을 줄였어.'

자운의 눈이 가늘게 변했다.

"쉽게 되는 일이 없군."

패액!

육적의 신형이 그 자리에서 꺼지듯 사라졌다. 그 후에 자운의 머리 위로 육적의 검이 내리꽂힌다.

허공에서 일곱 개의 별이 떨어졌다.

칠성락(七星落).

쉐에에에에엑—

쾅! 쾅! 쾅!

자운이 호신강기 대신 호룡으로 온몸을 둘렀다. 그리고 칠성락에 정면으로 마주쳐 갔다.

한 번의 충돌 때마다 대지가 진동하며 땅이 움푹움푹 파여

들었다.

그 충돌의 힘이 자운의 몸을 타고 대지로 뻗어 나가 파도치듯 땅이 출렁였다.

그 위에 서 있던 사파인들이 중심을 잡지 못하고 휘청거린다.

"크윽! 무슨 내력이……."

바닥을 바다처럼 출렁이게 할 수 있을 정도로 많단 말인가.

그 정도의 공격을 연이어 펼쳐 내는 육적도, 그것을 온몸으로 견디며 막아내는 자운도 그들의 눈에는 사람으로 보이지 않았다.

마지막 일곱 번째 공격이 내려올 때, 자운이 피하지 않고 검을 올려쳤다.

황룡신검이 거침없이 바닥을 때리며 하늘을 향해 솟구쳤다.

그 길을 따라 황룡이 올라갔다.

일도양단이 아닌 등룡의 수법으로 펼치는 직도황룡. 일곱 개의 분영이 일어나며 단번에 칠성락의 마지막 공격과 충돌한다.

쾅쾅—

쾅쾅쾅쾅—

여섯 번의 폭음이 울리며 칠성락의 궤도가 바뀌었다. 자운이 그 틈을 놓치지 않고 몸을 틀었다.

허리가 비틀어지는가 싶더니 부드럽게 몸이 따라 움직인다.

다리가 땅을 스치듯 때렸고, 그의 몸이 빙글 돌아 육적의 뒤를 점했다.

아직 직도황룡이 끝나지 않았다.

마지막으로 남은 하나의 검초, 그것이 육적을 노렸다.

쐐애애액—

육적이 뒤로 발을 뻗었다. 검을 돌리기에는 시간이 너무 촉박했다.

발을 뻗고, 상처를 입지 않도록 다리를 강기로 단단히 감쌌다.

콰앙—

육적의 다리와 자운의 신검이 충돌했다. 넘실거리는 황룡신검의 금빛 강기가 육적의 다리를 타고 넘어 때렸다.

쾅—

육적의 몸이 휠휠 날았다. 자운 역시 가슴팍을 움켜쥐며 뒤로 떨어졌다.

떨어지는 힘을 모두 죽이지 못해 바닥을 주르륵 끌었고, 잠깐의 찰나에 반격당한 가슴팍이 욱신거렸다.

하지만 충격은 자운보다 육적이 더할 것이다. 육적이 그 자리에서 피를 왈칵 하고 게워내었다.

"쿨럭!"

자운이 그 모습을 보고 이죽거렸다.

"왜, 죽을 맛이냐?"

그거 참 고소하다고 말하는 듯한 자운의 말에 육적의 미간에 골이 파였다.

호룡과 패룡만으로도 오적을 이겼던 자운이다. 비록 한쪽 팔이 불편하다고는 하지만, 비룡까지 깨어난 지금 육적을 상대하지 못할 이유는 없었다.

"일성께서 네놈을 왜 위험하다고 했는지 알겠구나."

"위험 정도밖에 안 된다니, 그건 개인적으로 좀 실망이네. 일생일대의 생사대적? 적성의 유일한 맞수? 그 정도는 해줘야 내 체면이 서는데 말이지."

"오만방자하기 그지없는 놈이로고."

말을 하며 육적이 기운을 끌어올려 좌수에 검결지를 맺었다.

검결지와 두 손이 연달아 교차된다.

단번에 강기가 날아왔다.

자운이 머리를 빠르게 좌우로 한 번씩 틀었다. 그의 귀밑머리를 강기가 스쳐 지나가고, 뒤에서 폭음이 터졌다.

뒤에 서 있던 사파인들이 갑자기 날아온 강기에 그 자리에서 절명했다.

"크아아아악!"

자운이 그 모습을 보고 중얼거렸다.

"그러길래 조준을 좀 잘해야지.

"이노오옴!"

육적이 분노에 차서 양손을 연달아 교차시켰다.

십자형의 강기가 연달아 자운을 향해 쏘아졌다.

패애애액—

그 모두가 유성의 무리를 담고 있었던지라 위력이 작지 않았다.

한 대라도 잘못 맞으면 큰일이 날 것이 분명했다.

자운이 황룡신검으로 땅을 그었다.

콰과과광—

땅이 폭발하며 그 폭발력에 바위가 허공으로 솟구쳤다.

콰과과과과—

허공으로 솟구친 바위가 십자 강기와 충돌하며 힘을 줄였다. 자운이 그 속으로 몸을 날렸다.

부드럽게 춤을 추며 움직이는 자운. 그의 손에서 이화접목과 사량발천근의 묘리가 그대로 펼쳐졌다.

우천에 비해서 훨씬 부드럽고 매끄럽게 펼쳐지는 무리. 받을 수 있는 힘은 받아낸다. 그렇지 못할 공격은 사량발천근으로 비틀어 빗겨내었다.

이화접목을 이용해 흡수한 힘은 빙글 회전력을 더해 그대로 육적을 향해 쏘아 보냈다.

"요거나 먹어라."

자신이 날린 공격이 갑작스럽게 돌아오자 당황한 것은 육적이었다.

육적이 다시 십자형 강기를 쏘았다.

두 개의 십자강기가 충돌하며 모래먼지가 사방을 휩쓸었다.

육적이 기감을 높인다.

이런 사이에 자운이 기습을 할 우려가 있었기 때문이다. 그가 자운의 기척을 쫓았다.

"아래!"

육적이 놀라 소리치는 순간, 자운의 몸이 육적의 바로 아래에서 솟구쳤다.

그의 움직임을 따라 호룡과 패룡, 그리고 비룡이 연달아 올라와 육적을 들이받았다.

무시무시한 육탄 공격. 자운의 어깨가 육적을 밀고, 호룡이 머리로 때렸다.

연달아 팔꿈치가 육적의 복부를 후려쳤고, 그 길을 따라와 비룡이 섬광처럼 육적을 때리고 지나갔다.

마지막으로 호룡이 감싼 발끝이 치대골을 산산이 부숴 버릴 기세로 충돌했다.

콰앙—

이전보다 훨씬 더 큰 모래먼지가 일고, 그 위로 육적의 몸이 훨훨 날았다.

허공의 나는 육적의 입에서 피가 분수처럼 뿜어졌다.

"쿨럭쿨럭!"

한가득 토해진 피가 길게 기른 수염을 축축하게 적셨다.

자운이 놈을 쫓았다.

눈을 번득이는 것이 먹이를 노리는 한 마리의 맹수와 같은 느낌이다.

"죽어라."

자운의 검이 번득했다.

단번에 벼락처럼 내리꽂혔다.

쐐애애애애액—

콰앙—

갑작스러운 공격에 자운의 몸이 뒤로 날았다.

날아가며 자운이 고개를 비틀어 자신을 공격한 놈을 찾았다.

암갈색의 고급스러워 보이는 경장 차림의 노인이었다. 손에 들고 있는 것은 구구도. 거대한 톱날이 날카로워 보이는 구구도였다.

자운의 어깨가 땅에 닿았다.

"크으으윽!"

그대로 추락해 땅에 주르륵 흔적을 남긴 자운이 옷에 묻은 모래를 털며 몸을 일으켰다.

갑작스럽게 기습을 당한 터라 몸에 받은 충격이 적지 않다.

몸을 일으키는 다리가 후들거렸다.

호흡을 들이쉬고, 그 호흡에 내공을 담아 다리로 흘렸다. 그러자 충격이 완화되며 한층 견디기 편해진다.

자운이 자세를 바로잡으며 기습을 가한 놈을 노려보았다.

"너도 칠적 중 하나냐?"

놈에게서 느껴지는 기세가 육적 못지않았기 때문이다. 자운의 말에 놈이 고개를 끄덕였다.

"본좌는 사마의 지존이자 칠적 중 세 번째, 삼적이라 한다."

자운이 작게 불평 담긴 욕을 뱉었다.

"시발."

황룡난신

새롭게 나타난 적. 어쩐지 느껴지는 힘이 육적에 비해 전혀 모자람이 없다 했더니 삼적이라고 한다.

육적보다 세 단계나 높다. 지금까지 나타난 그 어떤 칠적보다 높은 순위가 삼적이었다.

자운이 몸을 바로 세우고 삼적을 노려보았다.

"혼자서는 안 되니까 이제는 둘이냐?"

자운이 퉤 하고 침을 뱉으며 말했다. 피가 섞인 가래가 바닥에 아무렇게나 떨어져 모래와 얽혀들었다.

삼적이 그런 자운의 눈을 마주 보며 답했다.

"그저 우리 주인이 자네의 목을 원할 뿐이지."

그사이 육적이 일어나고 있었다. 단번에 숨통을 끊어버릴 수 있었는데. 자운이 안타깝다는 듯 육적을 바라보았다.

"빌어먹을 일성의 개새끼들."

"그렇다네. 우리는 그분의 충직한 개지. 어떤가, 자네도 적성으로 들어온다고 하면 칠적의 자리는 줄 수 있네. 자네가 오적을 꺾었다니, 그럼 오적의 자리를 주겠네. 마음에 드는가?"

자운이 마음이 동한다는 표정으로 그를 바라보았다.

"글쎄, 내가 사적보다 더 강할지도 몰라."

"그럼 사적과의 정당한 비무 자리를 마련해 주지. 그와의 비무에서 이긴다면 자네는 사적이 되는 걸세."

자운이 피식 웃었다.

이야기를 끌어 나가며 호흡을 충분히 회복했다. 육적이 둘이라 조금 버겁긴 하겠지만, 지금 이 상황에서는 싸워야 한다.

그런 적들을 앞에 두고 호흡이 흐트러진 채로 싸울 수는 없었던지라 수를 쓴 것이다.

"너보다 강할지도 몰라."

웃으며 말하는 자운을 보고 삼적이 아미를 찌푸렸다.

"자네는 처음부터 적성에 들어올 생각이 없었군."

파악—

자운의 신형이 그 자리에서 꺼지듯 사라지고, 허공중에 자운의 목소리가 울렸다.

"그래, 조까, 새끼야. 일성의 자리를 준다고 해도 안 간다."

파아악—

다음 순간!!

삼적의 머리 위로 거대한 검강이 떨어졌다. 삼적이 내공을 끌어올렸다.

붉은색 강기가 그의 구구도를 휘감는다.

구구도의 톱날이 날카롭게 번뜩인다.

까앙—

톱날 사이에 끼인 황룡신검. 삼적이 그대로 검을 부숴 버리겠다는 듯 구구도를 비틀었다.

카앙—

자운이 허공에서 몸을 회전했다. 삼적은 자신의 가슴팍을 손바닥으로 막아내고 있었다.

구구도가 회전하는 순간을 노려 발끝으로 놈의 가슴팍을 차버리려 했는데, 손바닥으로 자운의 발을 막아낸 것이다.

"꽤나 단단한 검이군."

삼적이 얼얼한 손바닥을 털며 말했다.

"어. 신검이거든."

그 사이 신색을 회복한 육적이 자운의 뒤로 날아가 섰다.

"빌어먹을, 불리하게 되었네."

여유롭게 말하는 표정과는 달리 속은 검게 타들어가고 있었다.

칠적 중 둘이라니, 절대의 경지로 무림을 오시할 만한 이들 둘 사이에 끼어서 싸워야 하는 것이다.

자운이 검을 더욱 강하게 움켜쥐었다.

패액—

자운이 돌아보지도 않고 뒤쪽을 향해 몸을 날렸다. 그래도 조금이나마 상대하기 쉬운 육적의 목을 베어버리려는 것이다.

육적이 검을 마주쳤다.

카앙—

자운의 검과 육적의 검이 충돌했다. 자운이 무릎으로 육적의 복부를 때렸다.

"크윽."

육적의 입에서 고통을 호소하는 신음이 튀어나왔다. 자운이 웃었다.

"지랄. 앞으로 낯 내는 디 밎이아 한다."

자운의 몸이 연달아 박투술을 펼쳐 낸다.

황룡문에서 전해지는 이백팔 박투술이 연이어 그의 몸 위로 펼쳐졌다. 때론 용의 머리와 같이, 때론 꼬리와 같이, 비늘과 같이, 손과 같이!

그리고 용의 여의주와 같이!

콰앙—

이백팔 박투술 중 열 개가 넘어가는 기술이 육적의 몸을 때렸다. 하지만 호신강기로 몸을 단단히 보호한 육적의 몸에는 상처 하나 남지 않았다.

"굉장하군."

삼적이 그 모습을 보더니 말했다.

뒤를 돌아보았을 때, 자운의 뒤에는 이미 삼적이 없었다. 삼적이 다시 나타난 것은 자운의 뒤쪽. 그의 구구도가 바람을 일으켰다.

대막의 용권풍이 도신을 타고 쏘아졌다.

자운이 소리쳤다.

"미친!!"

자운이 황룡신검을 땅에 박아 넣었다.

푸욱—

신검의 절반이 바닥을 파고들어 가고, 자운이 허공의 바람을 움켜쥐었다.

바람을 압축하고 압축해 쏘아내는 용의 숨결!

풍룡신탄이 자운의 손에서 쏘아졌다.

두 개의 용권풍이 충돌하며 옆에 서 있던 나무가 바람에 휩쓸려 와지끈 하고 무너졌다.

"크으윽!"

자운이 바람에 휩쓸려가지 않기 위해서 바닥에 박힌 황룡신검을 꽉 잡았다.

황룡이 수놓아진 옷이 미친 듯이 휘날렸다.

그 사이로 육적이 파고들었다.

유성과 같이 길게 꼬리를 남기는 공격이 자운의 시야에 들어온다. 자운이 고개를 숙였다.

후웅—

거칠게 바람이 찢겨지는 소리와 함께 유성이 자운의 머리를 아슬아슬하게 스치고 지나갔다.

자운이 그대로 황룡신검을 뽑았다.

황룡신검을 뽑자 그의 몸이 바람에 휘날려 뒤로 멀어졌다.

멀어지는 와중에도 자운은 황룡검탄을 육적을 향해 날렸다.

우우우—

한 마리의 선명한 황룡이 울며 튀어나왔다.

연이어 호룡, 패룡, 비룡이 지치지도 않는다는 듯이 튀어나갔다.

황룡검탄과 유성이 충돌하고, 호룡과 패룡, 비룡이 연달아 육적을 덮친 순간!

그것을 쳐 낸 이가 있었다.

어디선가 맹호와 같은 바람이 불어왔다.

구구도가 일으킨 바람이었다. 아무래도 삼적의 무공은 바람을 통제하는 도법이 분명했다.

맹호의 바람이 풍벽을 형성하며 호룡, 패룡, 비룡을 차례로 밀어내었다.

풍벽에 밀려난 삼룡이 자운의 몸으로 돌아와 그를 휘감았다.

"굉장한 무공을 익혔군."

그가 자운의 무공을 향해 순수하게 감탄했다.

자운 역시 그의 무공에 대해서는 놀라고 있는 차였다.

"피차일반."

"다시 한 번 해보지."

자운이 다시 달려들었다. 육적과 삼적 역시 지지 않겠다는 듯 몸을 움직였다.

이 대 일의 칼부림이 시작되었다. 바람과 바람이 쏟아지고, 그 속에 유성이 떨어지며 황룡이 울었다.

쾅쾅쾅—

바닥이 움푹움푹 파여 나갔다.

때론 아무것도 없는 허공중에 폭음이 터질 때도 있었다.

자운은 허공답보가 아니라 비룡의 머리에 올라타고 움직이는 중이었다. 비룡의 이동 속도는 섬전에 준할 정도였기 때문에 경공을 쓰지 않아도 충분히 빠르게 움직일 수 있었다.

그런 자운의 양옆을 호룡과 패룡이 감싸고 돌았다.

셋의 몸이 연달아 스치고 지나가고, 무언가가 잘리고 뼈가 뒤틀리는 소리가 들렸다.

서걱—

자운의 허리가 피로 물들었다. 육적의 팔이 뒤틀어졌다.

삼적은 귀 아래가 붉게 물들어가고 있었다.

"크으!"

"쿨럭!"

삼적이 신음을 흘렸고, 육적이 피를 토했다. 복부에 상처를 입은 자운의 경력이 그의 단전을 헤집었던 탓이다.

자운 역시 비룡의 머리 위에서 굽혔던 허리를 펴며 말했다.

"아이고, 죽겠다."

등이 축축하게 식은땀으로 젖어들이 갔다. 심수했으면 정말로 죽을 뻔했다.

삼적의 눈에서 붉은 광채가 흘러나왔다.

그가 상처를 입은 부분은 목이다. 지금은 고작 상처에 불과했지만, 섬칫한 감각에 목을 비틀지 않았으면 황룡신검은 자신의 목에 박혀 있었을 것이다.

"이놈, 살려두지 않겠다."

"내가 할 소리를 니들이 하면 난 어쩌냐."

처억 황룡신검을 어깨에 걸치며 말했다.

삼적이 신경질적으로 손을 허공에 찔러 넣었다.

패애액―

자운이 그 자리에서 피했다. 그의 뒤에 서 있던 다른 사파인들이 비명 한 번 지르지 못하고 거대한 장력에 휩쓸려 날아갔다.

바람을 다루는 무공을 익힌 것인지 그 범위가 상당히 넓었다.

단번에 뒤쪽의 수십 사파인들이 전멸했다. 자운이 그 모습을 보고 혀끝을 찼다.

"쯧. 아까부터 말하는 거지만 조준을 잘해야지."

사실 속은 바짝바짝 타들어가고 있었다. 방금 전의 공격을 피하기는 했지만 완전히 피하지는 못했다. 강기가 스며든 바람이 자운의 볼을 스친 것이다.

그것을 증명이라도 하듯 자운의 왼 볼에서는 피가 흘러내리고 있었다.

상처가 깊지 않으니 피를 대충 닦아내기만 해도 될 것이다.

"이번에는 놓치지 않겠네."

삼적이 자운을 향해 달려들었다.

콰앙—

검강과 도강이 연달아 충돌했다. 바닥이 움푹움푹 파이며 유성이 떨어져 내린다.

자운이 있는 힘을 다해 몸을 비틀었다. 지금은 여유만만한 표정을 지어 보이고 있지만, 상대는 절대의 경지에 오른 고수 둘이다. 언제까지 이렇게 여유로운 표정을 지어 보이고 있을 수는 없는 것이다.

자운의 신형이 주르륵 밀려났다. 내력이라고 한다면 누구에게든 절대로 질 리가 없는 자운이지만, 상대가 둘이다 보니 내공이 밀렸다. 둘의 내공을 모두 감당할 수는 없는 일이었다.

육적과 삼적이 동시에 하늘을 날았다.

파바밧—

허공을 걸어서 단번에 자운을 향해 떨어진다. 그것은 마치 먹이를 한입에 삼켜 버리려는 듯한 범의 움직임처럼 보였다.

황룡신검이 햇살에 번득였다.

자운의 몸이 회전하며 허공으로 솟구친다.

하늘에서 떨어지는 육적과 삼적, 땅에서 하늘로 솟구치는 자운의 신형이 충돌했다.

회전하는 자운의 몸 주변을 세 마리의 황룡이 타고 돌았다.

쾅쾅쾅—

충돌하는 소리가 연달아 들리며, 자운의 몸이 다시 아래로 추락했다.

그대로 등부터 바닥으로 떨어져 처박힌다.

쾅—

땅이 한차례 출렁하더니 자운이 떨어진 부분이 움푹 파여 들었다. 그렇다고 해서 육적과 삼적이 무사한 것은 아니었다.

삼적의 몸을 비룡이 후려쳤다. 엄청난 속도로 날아든 비룡 때문인지 삼적은 마땅한 대응을 하지 못하고 그대로 처박혔다.

그의 몸이 빠르게 날아가 바닥에 떨어졌다.

육적은 패룡과 충돌했다. 무지막지한 힘의 일격이 그대로 패룡을 때렸다. 육적은 삼적과 달리 호신강기를 이용하여 막아내기는 했지만, 그래도 온전히 막지는 못했을 것이다.

적어도 갈비뼈 하나는 부러졌을 것이다.

자운이 비틀거리며 몸을 일으켰다.

다리가 후들후들 떨리는 와중에도 허장성세를 부렸다.

"맛이 어떠냐, 이 빌어먹을 놈들아!"

육적과 삼적 역시 몸을 일으켰다. 삼적의 좌수는 이리저리 뒤틀려 있었다.

비룡과 충돌하면서 비틀어진 모양이다. 아무래도 좌수를 당분간은 쓰지 못할 것이다.

지금 좌수를 쓰지 못하는 자운과 같은 형세가 되었다.

육적은 자운의 예상대로 갈비뼈가 부러진 듯 가슴팍을 부여잡으면서 거친 호흡을 몰아쉬고 있었다.

호흡이 거칠기는 자운 역시 마찬가지. 아무리 진정을 시켜보려 해도 쉬이 진정이 되지 않는다.

방금 전 충돌, 그 충돌에 단번에 백여 합이 오갔다. 범인들의 눈으로는 쫓을 수도 없을 정도의 공방이었다.

그 과정에서 자운이 맞은 것은 일곱여 대. 직접적으로 치명상이라 할 만한 것은 아니었으나 몸에 남은 타격은 꽤나 강했다.

삼적이 공격을 당한 것은 두 대 정도, 육적 역시 네 대 정도의 공격을 당했다.

자운이 머리가 띵한지 머리를 부여잡았다.

"아, 정말 죽겠다. 헉! 헉! 헉! 헉!"

농담이 아니라 진짜로 죽을 것 같았다. 조금씩 입은 상처로부터 피가 흘러나갔다. 이대로 반나절 정도를 더 싸우면 탈진이나 과다 출혈로 죽어버릴지도 모른다는 생각이 들었다.

"내가 죽기 전에 네놈들이 좀 뒈져줬으면 하는데 말이지."

삼적이 부러진 좌수를 강제로 틀어 뼈를 맞추었다.

우드득—

섬뜩한 소리가 여기까지 생생하게 들려온다. 육적 역시 거친 호흡 속에서 몸을 일으켜 자운을 향해 걸어왔다.

"우리 역시 같은 마음이네. 후우! 후우!"

삼적이 구구도에 묻은 피를 털어버리며 말했다.

"난 안 죽어. 안 죽는다고, 이 새끼야!"

자운의 황룡신검이 움직였다.

호룡, 패룡, 비룡이 연달아 검신을 타고 삼적을 향해 쏘아졌다. 자운은 반대 방향으로 날았다.

호룡과 패룡, 비룡을 이용해 삼적을 묶어두고, 그사이에 삼적에 비해서는 비교적 상대하기 쉬운 육적을 처리할 생각이었다.

삼적이 그런 자운의 생각을 읽은 것인지 몸을 움직였다.

피슛—

그의 몸이 바닥에서 꺼지듯 사라졌다. 호룡과 패룡, 그리고 비룡이 애꿎은 바닥을 연속으로 때렸다.

그 충격이 바닥을 타고 퍼져 나가 진각이라고 밟은 것처럼 바닥이 크게 출렁였다.

삼적이 다시 나타난 곳은 육적과 자운의 사이였다.

삼적이 자운을 향해 구구도를 뿌리며 말했다.

"영악하군."

"똑똑하다고 해주면 좋겠네."

삼적의 구구도가 환한 빛을 토했다. 태풍과 같은 바람이 도에서 쏟아진다.

태풍 속에서 강기가 휘날렸다.

자운이 있는 힘을 다해 몸을 비틀었다.

황룡신검을 이용해 용린벽을 펼친다.

용린벽과 강기의 태풍이 연달아 충돌했다.

따다다다당—

곧 몇 번의 충돌이 거듭되며 황룡신검이 깨어지고, 자운의 몸이 호룡을 휘감았다.

호룡이 몸을 휘감은 후에 자운은 더 이상 몸을 빼지 않았다.

두 다리에 힘을 굳건하게 두고 버틴다!

콰앙—

태풍과 황룡이 충돌했다. 태풍은 그 자리에서 호룡을 밀어 버리려는 듯 용을 썼고, 호룡은 밀리지 않기 위해 태풍을 씹었다.

일어날 리 없는 불가사의한 광경이 펼쳐졌다.

그 틈을 타서 육석이 사운을 노리고 날아들었다. 자운이 육적을 방어하기 위해 패룡과 비룡을 연달아 쏘아 보냈으나, 두 마리의 용은 그대로 삼적의 손에 막혔다.

삼적의 구구도가 연달아 두 번이나 빛을 발한 것이다.

쾅—

폭음이 일며 자욱하게 먼지가 일었다.

그 먼지를 가르고 유성이 떨어졌다.

육적의 손에서 펼쳐지는 칠성락이 연달아 호룡을 두드렸다.

태풍과 같은 강기와 칠성락을 모두 견뎌내는 것은 아무리 호룡이라 해도 무리다.

호룡이 신음을 내며 무너졌다.

우우우—

거대한 강기가 자운의 옆으로 몸을 눕혔고, 유성이 자운의 복부를 때렸다.

"캐핵!"

자운의 몸이 포물선을 그리며 허공을 날았다.

교룡번신의 수법으로 충격을 줄이기는 했지만, 그래도 엄청난 충격이 몸을 타고 전해졌다

그 사이를 공수탈백의 수법으로 육적이 파고들었다.

단번에 자운의 품 안으로 들어온 육적이 주먹을 뻗었다.

쾅 하는 소리와 함께 유성추가 펼쳐진다.

거대한 추가 떨어진 것처럼 자운의 몸이 휘었다.

낫 형태로 허리가 휘고, 그대로 땅으로 처박히는 자운.

자욱하게 먼지가 일었다.

삼적이 먼지 사이를 비집고 들어왔다.

"이제 끝이다!"

삼적의 구구도가 번득이고, 자운의 목을 향해 구구도가 단번에 젖혀드는 순간, 허공에서 괴장이 날아왔다.

 쐐애액—

 파악—

 괴장과 구구도가 충돌하고, 그 사이로 강룡십팔장이 날아왔다.

 우우우우—

 "개자식들아, 죽이긴 누굴 죽이냐!"

 걸걸한 목소리, 정파에 어울리지 않는 말투. 운산과 우천이 지원 요청을 한 개방이 드디어 도착했다.

 그 선두에 서 있는 인물, 그는 바로 괴걸왕이었다.

황룡난신

 용두괴장 때문에 바닥에 처박힌 삼적이 몸을 일으켰다. 자운의 목을 끊을 수 있었는데 실패했기 때문인지 그의 몸에서는 으스스한 기운이 흘렀다.
 "개방."
 그가 몰려와 사파인들을 때려죽이는 거지들을 보고는 말했다. 이빨이 으드득 갈렸다.
 천고의 기회를 놓친 것이다.
 그사이 자운이 몸을 일으켰다.
 그의 가슴팍에는 유성추에 당한 선명한 권인(拳印)이 남아

당한 놈이 병신이지 189

있었는데, 그것 때문에 갈비뼈가 두어 대는 부러졌는지 호흡이 힘들었다.

"하아! 하아! 진짜 죽는 줄 알았네. 잘했다."

자운이 걸왕의 어깨를 잡고 일어나며 말했다.

"선배님, 괜찮으십니까?"

걸왕이 다른 이들에게는 들리지 않게 작게 중얼거렸다. 자운이 고개를 흔들며 말했다.

"네 눈에는 지금 이게 괜찮은 걸로 보이냐. 이백 년 동안 구경도 못한 염라대왕의 턱수염이 눈에 보였다."

다행히 염라의 얼굴은 다 보이지 않은 모양이다.

자운이 몸을 힘겹게 일으키며 삼적을 노려보았다.

"이제 머리 숫자도 같아졌네."

절대고수가 둘, 둘. 이 대 이다.

자운의 황룡신검에서 화악 금빛 강기의 물결이 타올랐다.

"다시 한 번 붙어보자, 이 씹어 먹을 것들아!"

자운이 걸음을 옮겨 삼적의 앞에 섰다. 삼적이 자신의 목을 따려 했기 때문인지 자운에 대한 적의가 그를 향해 불타올랐다.

자운의 단전에서 노닐던 세 마리의 용이 다시 솟구쳤다.

우우우우―

호룡, 패룡, 비룡이 울었다. 주인의 의지를 받은 것인지 황룡들 역시 삼적을 향한 적의를 불태우고 있었다.

그렇게 되니 자연스럽게 걸왕은 육적의 앞에 섰다. 사실 실력을 말하자면 육적과 걸왕은 백중지세라고 할 수 있었다.

하지만 자운과의 결전으로 지쳐 있는 육적에게라면 걸왕이 패배하지 않을 것이다.

"한번 신명나게 놀아보자, 이 새끼야!"

자운이 이를 뿌드득 갈았다.

그 순간, 자운의 몸이 땅에서 꺼지듯 사라진다.

파밧—

신형이 흔들리는가 싶더니 단번에 솟구치는 곳은 삼적의 앞. 솟구친 그대로 검을 휘두른다.

파앗—

황룡신검이 분영을 일으켰다.

하나에서 둘로, 둘에서 셋으로.

한 번에 셋으로 늘어난 황룡신검이 그대로 내리그어진다. 위에서 아래를 일도양단하는 직도황룡!

일곱 개의 변화가 일어났다.

세 개의 분영 속에서 일곱 개의 변화가 일어나자 그 수는 무려 스물하나에 달했다.

그 변화가 다시 또 다른 변화를 일으켰다.

직도황룡의 초식이 변화했다. 향하는 것은 황룡검탄.

단번에 스물한 개에 이르는 황룡이 솟구쳤다.

하나도 빠짐없이 삼적을 향해 쏘아진다. 그 속으로 패룡과 비룡이 섞여 들었다.

스물여섯. 어느 것이 호룡이고 패룡인지 알 수 없게 되었다.

"크윽!"

삼적이 신음을 흘리며 몸을 바람으로 휘감았다. 어느 것이 비룡이고 패룡인지 알 수 없으니 적당히 해서는 안 될 것이다.

황룡무상십이강을 막을 정도의 호신강기를 바람에 겹쳐서 휘감았다

단번에 스물여섯에 이르는 황룡이 그의 몸을 무자비하게 때렸다.

쾅쾅쾅쾅쾅—

지축이 크게 흔들리고, 그의 온몸이 하늘을 날았다.

호신강기가 충격을 견뎌내기는 하지만, 그렇다고 해서 고통이 없는 것은 아니었다. 자운이 어느 정도의 내공을 실은 것인지 한번 충돌할 때마다 호신강기가 출렁였다.

마침내 스물여섯 번의 충격이 모두 끝나고 그가 호신강기를 해제했을 때, 삼적은 볼 수 있었다.

자신의 앞에서 머리를 치켜들고 있는 두 마리의 황룡을.

'비룡과 패룡!'

그의 머릿속에 경종이 쳤다. 분명 스물여섯 번을 견뎠는데 어떻게 아직 비룡과 패룡이 남아 있을 수 있다는 말인가.

생각이 결론도 나기 전에 그는 다급하게 내공을 끌어올려 호신강기를 쳐야 했다.

하지만 급하게 끌어올린 내기라 호신강기가 완벽하게 이어지지 않았다.

콰앙—

콰아앙—

연달아 두 번 거칠게 폭음이 울려 퍼졌다. 그의 몸이 뒤로 훨훨 날았다. 비룡과 패룡이 연달아 펼친 충격을 해소하지 못했기 때문이다. 허공으로 날아가는 와중에도 그는 씨익 웃고 있는 자운의 눈을 보았다.

분기가 치솟았다.

"영악한 놈!"

그가 허공에서 소리쳤다.

가장 먼저 그는 스물여섯 마리의 황룡으로 삼적의 눈을 가렸다. 그리고 눈이 가려진 틈을 타서 그들 사이에 섞여 있던 패룡과 비룡을 빼고 황룡 검탄을 두 개 더 날렸을 것이다.

스물여섯 번의 충격이 그대로 이어졌을 것이고, 모든 공격이 끝났다고 생각한 자신이 호신강기를 해세하기만을 기다렸다가 빼두었던 호룡과 비룡을 연달아 찔러 넣었을 것이다.

자운이 이죽거렸다.

"당한 놈이 병신이지. 멍청하기는."

자운의 이죽거림을 받은 삼적이 허공을 밟았다. 그의 몸이 빙글 돌았다.

허공을 단단히 움켜쥐고, 공간을 끌어들이듯 바람을 당겼다.

회전하는 그의 몸을 타고 바람이 휘감기었다.

한 줄기, 두 줄기.

휘감기던 바람은 곧 태풍이 되었다.

태풍의 핵, 그 속에 삼적이 회전하고 있었다. 삼적이 태풍을 그대로 입듯이 자운을 향해 날아들었다.

그 모습이 마치 바람을 동반한 폭탄과 같다.

자운이 호룡을 이용해 온몸을 휘감고 호룡의 아가리를 놈을 향해 쏘아 보냈다.

콰앙—

바람에 담긴 힘이 만만치 않았는지 호룡의 아가리가 단번에 터져 나갔다. 곧 재생되기야 하겠지만 자운의 몸으로 전해진 반발력은 적지 않았다.

그의 몸이 한순간 휘청했다.

'죽겠네.'

자운이 인상을 썼다.

호룡의 머리를 터뜨렸음에도 불구하고 삼적이 휘감은 바람의 힘은 전혀 느껴지지 않았다.

전초전이라고 느껴지는 칼바람에서 그 기세가 선명하게 느껴질 정도였다.

호룡을 휘감은 자운의 몸이 놈의 바람과 충돌했다.

바람이 호룡과의 사이를 파고들며 자운의 몸을 헤집으러 했다.

사나운 마귀와 같이 손톱을 세우고 그를 향해 날아드는 것이다.

자운이 머리가 재생되고 있는 호룡의 몸통을 단단히 휘감았다. 몇 겹으로 휘감은 호룡의 몸통이 피부 위로 생생하게 느껴진다.

그 사이로 비집고 들어오려는 삼적의 바람 역시 느껴진다.

밀리면 끝이다.

자운이 재생되고 있는 호룡을 두고 패룡과 비룡을 움직였다.

비룡이 몸이 섬광처럼 번득였다

콰앙—

삼적이 있는 부분을 후려친다. 삼적의 바람과 비룡이 힘겨루기를 시작하고, 다시 패룡이 뛰어들었다.

우우우우—

재생된 호룡이 울었다.

마치 자신의 머리를 부수어 버린 놈이 누구냐고 성을 내는 듯한 모습이다.

자운이 의지를 전달했다. 눈앞에 바람을 휘감고 있는 놈이다.

공격해라.

자운의 의지를 호룡이 받았다. 단단함 하나만은 금강불괴에 비견되는 호룡이 그대로 몸을 들이받았다.

콰아아—

지축이 한차례 크게 출렁이고 자욱하게 일어난 먼지가 가셨을 때, 자운의 앞에는 깊이가 십여 장은 되어 보임 직한 거대한 구덩이가 파여 있었다.

자운이 그 속을 보며 소리쳤다.

"왜, 이 자식아, 아파 죽을 거 같냐?"

자운이 여유롭게 놀리기는 했지만, 그 역시 호흡을 헐떡이고 있었다. 자운이라고 해서 내공이 무한정 있는 것은 아니다. 그런 와중에 호룡이 부서질 정도의 충격을 입었고, 같은 공격을 견뎌내기 위해서 엄청난 내공을 또 다시 호룡에 집어

넣었다.

'이젠 제발 좀 죽어버려라.'

하지만 그의 바람과는 달리 바닥에 깔린 바위들이 들썩거렸다. 그 속에서 무언가가 걸어나오려는 것이다.

곧 하늘을 뚫어버릴 듯 높은 바람이 솟구쳤다.

화아아악—

대막의 것과 같은 기세의 용권풍이 하늘을 향해 솟구치고, 그 바람에 휩쓸려 올라갔던 집채만 한 바위들이 자운의 머리를 향해 떨어져 내렸다.

호룡과 패룡, 그리고 비룡이 연달아 움직여 바위를 때렸다.

쾅쾅쾅—

조각난 바위들이 그의 머리 위로 산산이 부서져 떨어져 내린다.

자운은 바위를 하나도 피하지 않고 걸어나오는 삼적을 바라보고 있었다. 삼적의 눈이 더욱 차갑게 변했다.

"자네 목을 오늘 아주 단단히 꺾어주지."

놈이 이를 으득 갈았다. 자운이 검을 움켜쥐며 이죽거렸다. 옆에 있는 세 마리의 황룡이 울었다.

"내 목이나 한번 움켜쥐어 보고 말해, 개자식아."

으르렁거리듯이 말하는 자운의 말. 놈이 입꼬리를 끌어올리며 답했다.

"얼마든지."

삼적의 몸이 사라졌다.

휘익-

한순간 자운의 눈마저 벗어날 정도로 빠른 움직임. 자운이 당황했다.

움직임을 놓친 것이다.

그가 반사적으로 머리를 틀었다.

휘익-

칼바람이 자운의 볼을 때렸다. 볼에서 피가 흐른다. 그 너머로 놈의 손이 드러났다.

"이놈이고 저놈이고 괴물 같지 않는 놈이 없네, 칠적이라는 것들은."

'피하지 않았으면 머리가 통째로 터져 나갈 뻔했다.'

자운의 등이 축축하게 젖었다.

엄청난 빠르기에 당황한 것이다. 삼적이 자운과 얼굴을 마주한 채로 씨익 웃었다

"제법이군. 또 피해보게."

그의 몸이 휘익 사라졌다.

'바람을 다스리는 무공인 줄 알았더니 사실 바람은 극쾌의 산물일 뿐이었던 거냐!'

바람이 다가왔다

오는 즉시 피해야 한다. 조금만 반응이 늦었다가는 그대로 꿰뚫릴 것이다.

자운이 호룡을 휘감은 채로 놈의 공격을 피했다.

피했음에도 불구하고 칼바람이 호룡을 때렸다.

티디디딩—

호룡과 칼바람이 연달아 충돌하는 소리가 들렸다.

'이 속도를 어찌해야 한다.'

그렇지 않으면 죽는 것은 자운이다.

자운이 이를 악물었다. 그가 비룡의 머리 위에 올라탔다. 비룡의 움직임이 쾌속무비하게 허공을 갈랐다.

둘의 속도는 그야말로 박빙. 허공이 터져 나갔다.

콰과과광—

허공중에서 둘이 충돌한 소리였다.

번쩍하고 벼락이 떨어지더니 어느 순간 자운의 몸은 십 장 밖을 갈랐다.

공간이 쩌억 벌어지는 일도 있었다.

우우웅—

자운의 검이 검명을 터뜨리며 울었다. 누구라도 그 엄청난 기운을 느낄 수 있었을 것이다.

누군가는 살아생전 한 번도 경험해 보지 못할 정도의 내공이기도 했다

세 마리의 용이 검명에 따라 울었다.

우우우우우―

검명과 용음이 섞여 계속해서 허공에 울린다.

"와봐, 이 새끼야!"

자운이 기합처럼 소리를 쳤다.

삼적이 얼마든지 달려가 주겠다는 기세로 방향을 몰았다

정면에서 자운을 향해 짓쳐들어 가는 삼적의 신형. 둘의 신형이 벼락처럼 빠르게 내달렸다.

번쩍하는 순간, 자운의 어깨가 삼적을 들이박고 있었다.

쾅―

삼적이 그대로 바닥에 내리꽂혔다

바닥이 움푹 파였지만 그 속에 이미 삼적은 없다. 몸을 일으킨 삼적이 다시 움직인 것이다.

사람과 사람의 싸움이 아니다.

둘은 이미 그 누구의 눈에도 보이지 않을 속도로 움직이고 있었다. 둘 모두 사람의 인지를 벗어난 속도이기는 했지만, 엄밀히 말하면 자운이 한 수 뒤졌다.

패애앵―

삼적의 구구도에서 바람을 휘감은 도강이 솟구쳤다.

평범한 도강과는 그 힘부터 달리한다.

벼락이 떨어지는 순간, 그의 도강이 허공을 가르고 반경 십

장을 날카롭게 때렸다

 구구도에서 뿜어진 칼바람이 도강을 타고 사방을 찢었다.

 자운이 황룡신검을 움직였다. 용린벽이 펼쳐지고, 용린벽 앞을 호룡이 막았다. 호룡과 용린벽이 연달아 추돌한다.

 콰과과과—

 폭음이 일고, 가까워졌던 두 사람의 신형이 다시 멀어졌다.

 삼적이 모습을 드러낸 것은 충돌 후 십오 장은 떨어졌을 법한 곳이었다.

 그가 그곳에서 꼿꼿이 허리를 세우며 어깨에 떨어진 돌조각을 털어버렸다.

 자운이 모습을 드러낸 곳은 거기서부터 이십여 장 정도 떨어진 곳의 허공이었다.

 자운의 아래에는 비룡이 서 있고, 자운은 그 위에 서 있었다.

 숨이 막힐 정도로 오가는 공방의 교차. 한 번의 충돌에 몇 십 합의 교차가 일어나는지는 그 누구도 알지 못했다.

 다만 아는 사람은 자운과 삼적뿐일 것이다.

 자운은 내력을 폭발시켰다.

 콰아아앙!

 엄청난 내력이 자운의 검을 타고 흘렀고, 자운이 그것을 내

질렀다.

삼적은 피하지 않았다. 그가 몸을 움직였다. 어깨의 움직임에 따라 바람이 꼬이기 시작하더니 그의 주변으로 태풍이 치솟았다.

콰아아아―

귀를 찢어버릴 듯한 폭음이 울렸다. 둘의 추돌이 계속해서 이어졌다. 절대로 피하지 못할 것만 같은 공세가 계속해서 이어진다.

그 공격을 누군가는 피해내고, 절대로 막아내지 못할 공격을 막아냈다.

둘의 공방은 쉬지 않고 이어졌다.

싸움은 점점 더 격렬해지고 있었다.

파바바바―

자운의 검에서 검강이 파도처럼 쏟아져 나왔다.

그 자리에서 그 싸움을 지켜보던 이들은 하나같이 장담할 수 있었다.

저렇게 많은 양의 검강을 보는 것은 처음이라고.

그에 대응이라도 하듯 삼적의 구구도에서도 도강이 쏟아졌다.

파도처럼 쏟아져 나오는 도강. 두 개의 파도가 충돌했다.

쏴아아아―

폭음은 없었다.

마치 물결이라도 된 것처럼 두 개의 파도가 맞물려 들어가 섞였다. 도강과 검강이 섞여들고, 뒤늦게 폭음이 터졌다.

콰과콱—

흡사 그것은 태풍이 몰아치는 바다의 파도를 보는 듯했다. 절벽을 깎아버릴 수 있는 거력을 가진 파도가 연달아 굽이쳤고, 소용돌이가 일어났다.

사방의 기운이 모두 그곳으로 빨려들어 가는 것처럼 보였다.

누구라도 저 속에 들어간다면 쉽게 생사를 장담하기는 힘들 것이 분명했다.

그런 누군가의 생각을 비웃기라도 하듯 삼적과 자운이 그 속으로 몸을 날렸다.

도강과 검강의 소용돌이 속으로 경쟁하듯 몸을 날린 둘은 그 속에서 충돌했다.

불똥이 튀고, 벼락이 떨어졌다.

쾅쾅쾅!

콰지지지직—

내공이 약한 이들은 뻗어져 나오는 충격파만으로 내상을 입으며 뒤로 물러났다.

어지간한 고수는 사십 장, 아니, 오십 장 안에서도 쉬이 버티지 못한다.

그 정도로 둘의 싸움은 대단했다.

후끈한 열기를 실은 바람이 주변으로 불었다. 후끈하다 못해 뜨거울 정도였다.

자운이 뿜어내는 극양의 공력을 바람을 닮은 삼적의 공력이 밀어내며 생기는 일이었다.

얼마나 둘의 몸이 소용돌이 속에서 전투를 거듭했을까.

그 전투를 바라보는 누구도 감히 쉬이 소리를 내지 못했다.

모두가 숨을 죽인 채로 그 속에 눈을 집중했다. 집중한다고 해서 보이는 것도 아니지만, 그렇게 해야만 할 것 같았다.

빛이 번쩍하고 터졌다.

도강과 검강의 소용돌이가 사라지고, 그 속에서 모습을 드러낸 것은 온몸의 옷이 걸레조각이 되어버린 삼적과 자운이었다.

다행히 자운의 몸에 치명상은 없었다. 옅은 상처가 있기는 했지만 목숨에 위협이 될 정도는 아니었다.

하지만 치명상이 없는 것은 삼적 역시 마찬가지였다.

삼적의 신형이 빛살이 되었다.

예의 인지를 벗어난 움직임이 자운을 덮쳐 왔다.

검이 허공에서 수직으로 자운의 머리를 내리찍었다.

자운을 그대로 일도양단해 버릴 기세. 세상이 기울어졌다. 공간이 그대로 두 쪽으로 잘려 나간 것이다.

하지만 자운은 이미 잘려 나간 공간 속에 없었다.

자운의 몸이 십 장을 날아 뒤로 갔다가 다시 돌아왔다.

거기까지 필요했던 것은 단 두 걸음이다.

자운의 검이 삼적의 머리통을 노렸다. 단번에 머리를 잘라 내 버릴 기세로 검이 움직였다.

패애애애애액—

엄청난 바람 소리와 함께 황룡신검이 놈의 머리를 잘라냈다.

하지만 허상. 잘라낸 머리가 흔들리듯 사라진다.

자운이 그것을 보고 소리쳤다.

"이형환휘! 빌어먹을!"

자운이 소리치는 틈을 타서 놈이 날아들었다. 단번에 자운을 향해 도강을 줄기줄기 뿜어낸다.

하지만 자운은 빨랐다.

비룡의 머리 위에 훌쩍 올라탄 자운이 몸을 틀어가며 모든 도강을 피해내었다.

"요리조리 정말로 잘도 피하는구나!"

삼적의 몸이 솟구쳤다. 자운의 몸을 맞출 수 없으니 높은 곳으로 올라가 일대를 박살 내어 버릴 생각이 분명했다.

자운이 비룡을 탄 채로 솟구쳤다.

황룡의 머리 위에 서서 솟구치는 자운의 모습은 그야말로 소설 속 주인공과 같았다.

구름이 발아래에 들어온다.

자운이 비룡의 머리에 서서 삼적을 노려보았다.

자운의 호흡은 이미 턱 끝에 닿아 있었다.

"허억! 허억!"

그것은 비단 자운에게만 국한된 것이 아니었다.

삼적 역시 호흡을 헐떡이고 있었다.

"후욱! 후우! 이 지독한 놈!"

자운이 헐떡이는 와중에도 놈의 말을 받아쳤다.

"너만 하겠냐."

피슝—

피이잉—

까마득한 허공에서 둘의 몸이 또 충돌했다.

콰앙—

구름이 쩍 갈라지고, 거기서 자운의 몸이 떨어져 내렸다.

"크윽!"

자운이 떨어지는 와중에 허리를 비틀었다. 그의 몸이 빙글빙글 돌고, 시간을 벌자 비룡이 그를 다시 받쳤다.

'역시 속도가 조금 모자라.'

자운이 입술을 씹었다.

삼적에 비해 속도가 조금 모자란다. 아까 전부터 그것이 아주 근소한 차이로 자운을 불리하게 만들고 있었다.

어떻게든 저 속도를 죽여야 한다. 자운이 비룡을 타고 바닥으로 내려갔다.

자운이 내려서자 놈 역시 아래로 내려온다.

"속도에서 밀리나 보군."

놈이 자운의 생각을 읽고는 이죽거렸다. 자운이 입술을 잘근잘근 씹었다.

'방법이 없나?'

주변에 보이는 것은 모래 바닥과 그 아래에 있는 맨 땅. 이걸로 뭘 할 수 있을까?

'잠깐, 맨땅?'

방법이 생각났다.

자운이 몸을 비틀며 광룡폭로를 펼쳤다.

발이 닿는 땅이 모두 터져 나간다.

한 걸음 한 걸음에 사력을 다해 진각을 실었다.

무지막지한 내력이 담긴 진각이 그대로 바닥을 때리고 바위가 솟구치게 했다.

쿠드드드드—

진각을 이용해 땅을 밀어내는 것이다.

쿠드드드등—

계속해서 바위가 솟구치고, 솟구친 바위가 이어져서 만든 것은 작은 산맥을 축소해 놓은 듯한 모습이었다.

엄청난 속도로 움직인다면 아무래도 움직임은 직선 위주일 것이 분명했다.

그 움직임을 막기 위해 엄폐물로 바위를 만든 것이다.

아니나 다를까, 엄청난 속도로 움직이던 삼적의 움직임에 바위가 터져 나갔다.

자운이 바위가 터진 부분으로 이동했다. 방금 전까지 삼적이 이곳에 있었을 것이다.

이렇게 삼적의 움직임을 쫓는다.

자운이 눈을 감았다. 눈을 감고 기감을 최대한으로 펼쳤다.

바위가 터져 나가는 것이 느껴졌다.

'뒤!'

호룡이 움직였다.

콰앙—

호룡이 단번에 뒤쪽을 밀고 지나가고, 간발의 차이로 삼적이 빠져나갔다. 조금만 빨리 움직였더라면 삼적을 잡을 수 있었을 것이다.

'아깝게 되었군.'

자운이 다시 눈을 감았다.

천천히 눈을 감고 놈의 움직임을 쫓는다.

'오른쪽, 아니, 앞!'

콰앙—

이번에 쏘아 보낸 것은 비룡이다. 놈의 움직임을 막기 위해 가장 빠른 속도를 자랑하는 비룡을 쏘아 보낸 것이다.

"크윽!"

비룡에 무언가가 걸려들었다. 자운이 놓치지 않고 패룡을 움직였다.

쾅쾅—

패룡과 비룡이 연달아 놈의 몸을 들이박았다.

아무리 삼적이라고 할지라도 견디지 못할 충격을 입었을 것이다. 사람의 인지를 벗어난 속도로 달려오던 중에 반대편에서 비슷한 속도로 달려오던 비룡과 충돌했으니 말 다 한 것이다.

삼적의 신형이 허공에 훤히 드러났다.

자운이 날았다. 단번에 비룡의 몸을 타고 넘어 번뜩이는 황룡신검을 삼적의 심장에 겨누었다.

삼적이 당황한 표정으로 바람을 끌어 모았다. 호신강기를 펼치려는 것이 분명했다.

자운이 검을 높이 치켜 올렸다.

검 위로 화르륵 금빛 강기가 타오르는 순간, 황금빛 섬광이 허공을 갈랐다.

푸욱—

이질적인 소리가 들리며 황룡신검이 삼적의 가슴을 관통했다.

자운이 단번에 창백해지는 놈의 얼굴에 마지막으로 미소를 지으며 이죽거렸다.

"그냥 죽어."

마지막으로 한마디 덧붙이는 것을 잊지 않았다.

"귀찮게 하지 말고."

풀썩!

삼적의 몸이 바닥에 떨어졌다.

자운이 놈의 심장에 박힌 황룡신검을 뽑았다. 피가 거꾸로 치솟는다. 자운의 앞섶이 삼적의 피로 축축하게 젖어들었다.

시선을 조금 돌려 바라보자, 괴걸왕이 육적을 제압하고 있었다. 따로 도울 필요는 없어 보였다.

자운이 검을 뽑아 들고 개방도들과 싸우고 있는 사파인을 향해서 소리쳤다.

"다 죽여주마!"

사실 내공이 얼마 남지 않았다. 다 죽이려 한다면 내공이 부족할 것이다. 하지만 허장성세를 부렸다.

여기서 밀리는 행동을 해서는 큰일 난다.

"으아아악!"

자운의 내공이 담긴 외침에 사파인들이 비명을 질렀다. 그렇지 않아도 수많은 개방도에게 밀리고 있는 차에 자운이라는 괴물까지 합세한다는 것이 믿어지지 않았다.

일부 사파인들은 꽁지가 빠져라 달아나고, 다른 사파인들은 개방도의 손에 제압되었다.

모두가 제압되는 것을 보고 나서야 자운이 그 자리에 풀썩 주저앉았다.

이번에는 정말로 죽을 뻔했다. 다음에 또 칠적 두 명이 덤빈다면 그때도 살아난다는 장담은 할 수 없을 것이다.

'빌어먹을, 이백 년을 폐관을 했는데도 부족하네.'

자운이 입맛을 다셨다. 저 먼 곳에서 운산과 우천이 달려오는 것이 보였다.

그 뒤로 황룡문도들의 얼굴이 보였다.

운산과 우천의 뒤로 태원삼객의 모습도 보였다.

그들이 손을 흔들며 자운을 향해 뛰어오고 있었다.

'아, 이거 참 미안하게. 난 뛰어갈 힘도 없는데.'

왠지 온몸의 힘이 쫘악 빠지는 기분. 몸이 나른해졌다.

자운의 몸이 그대로 뒤로 넘어갔다.

당한 놈이 병신이지

'조금만 자야겠다.'

 천산에서 이곳까지 쉬지 않고 뛰어와서 칠적 중 무려 둘과 생사투를 벌였다. 자운이 아무리 초인이라 한들 치치지 않을 리가 없다.

 눈앞이 몽롱해졌다.

황룡난신

황룡문의 상당히 많은 곳이 부서졌다.

몇 날 밤을 전투를 벌이며 황룡문도를 지켜준 황룡문이었다. 멀쩡하다면 오히려 그게 이상한 일일 것이다.

그 무너진 벽을 복원한 것은 황룡문도들과 개방 사람들이었다.

운산이 걸왕에게 고개를 숙였다.

"도움을 주셔서 감사합니다."

걸왕이 헛기침을 했다.

"흠흠. 같은 정파인들끼리 어려운 시기에 돕고 살아야지.

험험험."

걸왕의 말에 운산이 다시 한 번 고개를 숙였다.

황룡문도들 역시 복구 작업에 들어갔다. 필요한 재료를 구해왔고, 작업장을 회복했다.

사황성주였던 삼적이 자운의 손에 목숨을 잃었으니, 그 아래에 있던 작업장들 역시 그들의 구역으로 가져올 수 있을 것이 분명했다.

하지만 지금 그전에 자운이 깨어나는 것이 먼저였다

걸왕이 자운의 안위를 물었다.

"그것보다 자네의 사조… 흠흠, 자네들의 대사형은 깨어났나?"

그 말에 자운이 고개를 절레절레 흔들었다.

"많이 피로하셨던 모양입니다."

외상을 제외한 특별한 내상은 없었다. 그러니 지금 자운이 깨어나지 않고 있는 이유는 순전히 잠 때문이라는 이야기다.

"흠흠. 그렇군. 벌써 보름째지?"

자운이 걸왕의 말에 고개를 끄덕였다. 벌써 보름째 자운은 잠에 들어 있는 것이다. 앞으로 깨어나려면 얼마나 더 걸릴지 그것은 알 수 없었다.

걸왕이 고개를 들어 한숨을 내쉬었다.

"칠적 중 벌써 넷. 대단하군."

넷.

자운이 쓰러뜨린 칠적의 수다. 무림의 절대자들과 어깨를 나란히 하는 칠적, 그중 절반이 넘는 수가 자운의 검에 명을 달리한 것이다.

걸왕이 속으로 괴물이라는 단어를 곱씹었다.

'정말, 정말 괴물이야, 괴물!'

거기다 저 노괴물은 시간이 갈수록 더 강해지는 것 같았다. 그나마 다행인 점은 자운이 사파가 아닌 정파라는 점이었다.

"후우, 그렇군. 그보다 황룡문의 복구가 다 되어가는 것 같구만."

"개방에서 물심양면으로 도와주신 덕분입니다."

"아닐세. 아까도 말했지만 어려울 때 다 같이 돕고 살아야지."

걸왕이 입맛을 쩝 다셨다.

"물론 우리는 거지인지라 돈은 없어 몸으로 때우고 있지만 말일세."

그 말에 운산이 피식 웃었다.

"뭐, 이제 복원도 끝난 듯하니 조만간 우리는 돌아갈 걸세. 워낙 거지라 한곳에 머물지 못하는 것도 있고, 난신이 깨어나면 얼굴이나 좀 보고 가려고 했는데 안타깝구만."

그 순간, 저 멀리서 그의 말을 기다리기라도 했다는 듯 우천이 뛰어왔다.

그리고는 운산과 걸왕을 향해 소리쳤다.

"사형, 대사형이 깨어났습니다!"

걸왕이 속으로 욕설을 뱉었다.

'시발.'

"아, 물 좀 줘."

자운이 깨어나자마자 찾은 것은 물이었다. 운산이 물 잔에 물을 담아 자운에게로 넘겨주었다.

걸왕은 물을 시원하게 쭈욱 들이켜는 자운을 매우 불편한 표정으로 바라보고 있었다.

그런 걸왕에게로 자운의 전음이 날아든다.

[뭐, 꼽냐?]

걸왕이 바로 답했다.

[아, 아닙니다, 선배님.]

자운은 걸왕에게 있어서는 까마득한 선배였다. 물론 티를 내지는 못했다.

'선배를 선배라 부르지 못하고, 아, 지미.'

걸왕으로서는 정말 미치고 팔짝 뛸 일이 아닐 수 없었다. 나이는 고작 서른 정도 되어 보이는 이가 자신의 무림 대선배라니, 인정하기 싫은 일이지만 현실이었다.

자운이 걸왕을 바라보았다.

"황룡문을 도와주셔서 감사합니다."

공손하게 포권까지 취해 보이지만, 전음으로는 전혀 다른 내용이 날아갔다.

[도와줘서 고맙다. 쉰밥 한 그릇 줄까?]

"아닐세. 무림 동도끼리 돕고 살아야지, 황룡문이 어디 남인가? 같은 정파의 한 가족이 아닌가. 허허허."

걸왕이 앞에 붙은 괴 자에 어울리지 않게 제대로 된 말을 했다. 그만큼 눈앞에 있는 자운이 무서웠던 까닭이다.

하지만 전음으로는 전혀 다른 말이 오갔다.

[먹고 탈 날 일 있습니까? 그건 줘도 안 먹습니다. 허허허.]

[내가 먹이겠다면?]

[소금 뿌려주시면 아랫것들도 먹이겠습니다. 두 번 먹이겠습니다.]

"자네의 손에 벌써 칠적 중 넷이 명을 달리했네. 참으로 무림의 홍복이 아니라 할 수 없네."

"당연한 일을 했을 뿐입니다."

[내가 그 넷 죽인다고 얼마나 끙끙거린 줄 아냐? 알면 네가 하나라도 좀 죽여.]

[말이 넷이지 하나는 내가 죽였습니다.]

육적을 말하는 것이었다. 분명 육적의 명을 끊은 것은 걸왕이었다.

　괴걸왕이 거기다 한마디를 덧붙였다.

　[그리고 또 하나는 독성이 죽였습니다.]

　자운의 미간이 좁혀지고 혈관이 튀어나왔다.

　[이걸 둘 다 죽여 버릴까 보다. 야, 너네들, 내 공 뺏어 먹으니 좋냐? 좋아?]

　[흠흠. 아니, 뭐, 확실하게 하자는 거지요.]

　[확실하게 니 명을 따버릴까 보다.]

　걸왕이 빠르게 발을 뺐다.

　"흠흠. 그럼 사형제 사이에 할 이야기가 있을 것 같으니 나는 나가보겠네."

　자운이 고개를 숙였다.

　"예. 다시 한 번 감사의 말씀 드립니다."

　[야, 가긴 어딜 가냐? 죽을래? 안 돌아와?]

　걸왕이 자운의 말을 무시했다. 운산과 우천 역시 포권을 취해 보이며 방에서 나가는 걸왕을 배웅했다.

　자운이 나가는 걸왕의 뒷머리에다 대고 끝까지 소리쳤다.

　[야, 너, 돌아와! 좀 맞자! 오늘 한번 무림의 위계질서를 다시 세워주마!]

　하지만 나간 걸왕이 돌아올 일은 없었다.

　걸왕이 나가자 자운이 운산과 우천을 바라보았다.

"많이 힘들었냐?"

자운이 툭 던져 놓은 말. 가벼운 어조임에도 불구하고 그렇게 심금을 울리는 말이 없다.

많이 힘들었냐고 물어보면 정말로 많이 힘들었다.

운산과 우천이 이구동성으로 답했다.

"예."

"예!"

우천의 목소리가 더 컸다.

"정말로 많이 힘들었습니다."

자운이 손바닥으로 우천의 머리를 툭 때렸다.

"짜식이, 뭐가 그리 힘들었다고 크게 소리를 치냐. 고생한 건 너나 네 사형이나 똑같은데 말이지."

자운의 말에 우천이 운산을 바라보았다.

"그래도 사형은 강기지경에도 들어서고 건진 것도 있지 않습니까?"

그는 운산의 실력이 일취월장한 것을 부러워하고 있었다. 사실 무인으로서 부럽지 않을 리가 없다.

자운이 운산과 우천을 쓰윽 살폈다.

"글쎄, 강기지경에 들었다고 모두 고수는 아니지. 물론 운산이 강기지경에 들었다는 사실 하나만큼은 칭찬을 해줘야겠지만, 내가 볼 때는 너네 둘 다 어린애라는 거지."

자운의 말은 끝나지 않았다.

"그리고 우천 너는 정말 이번에 얻은 게 하나도 없다고 생각하냐?"

자운의 말에 우천이 꿀 먹은 벙어리가 되었다. 분명 우천 역시 얻은 것이 있었다.

그 사실은 우천도 잘 느끼고 있었다.

자운이 손등으로 우천의 가슴팍을 가볍게 두드렸다.

"그렇게 얻은 것 하나하나 쌓아 나가다 보면 순서를 밟아 고수가 되는 거다. 사실 단번에 고수가 되는 사람은 몇 없어."

그리고는 그가 자신의 품속으로 손을 쑤욱 집어넣었다. 꺼내 든 것은 하얀 털 뭉치에 싸여 있는 무언가였다. 자운이 무언가를 꺼내 들자 운산과 우천이 무엇일까 하는 눈으로 그것을 바라보았다.

"그리고 내가 너네한테 줄 게 있지."

그가 털 뭉치를 풀었다.

순식간에 방의 온도가 올라간다. 그 속에 담긴, 양기를 가득 품은 영약이 기운을 마구 흘려대었기 때문이다.

바보가 아닌 이상 바로 눈치챌 수 있었다.

"이건 내단이 아닙니까?"

당연히 눈치를 챈 운산이 말했다. 우천이 운산 옆에서 침을 꿀꺽 삼켰다.

"어. 운이 좋아서 한 마리 썰었더니 나오더라."

물론 너무 운이 좋아서 문제였다.

자운은 아직도 그때 자신이 했던 말을 생생하게 기억하고 있었다.

'어쩐지 운수가 너무 좋더라니, 왜 내단을 얻어도 편히 돌아가질 못하니.'

눈사태가 자신을 덮쳤던 일이 생각난 것인지 자운이 입맛을 다셨다.

자운이 손가락에 힘을 줬다. 손끝에 얇은 막이 생기더니 이내 날카로운 검결지가 흐른다.

중지에 검결지를 형성한 자운이 내단을 반으로 잘랐다.

주황색 구슬과 같은 내단이 자운의 검결지에 천천히 잘려 나간다. 제아무리 양기의 집합체인 내단이라고는 하지만, 자운의 검결지를 버텨내지는 못했다.

치이이익—

잘려 나가는 중에 연기가 뿜어졌다. 두 개의 극양의 기운이 충돌하면서 생기는 현상. 마침내 내단이 정확하게 반으로 갈라지자 자운이 그중 절반을 운산에게로, 절반은 우천에게로 내밀었다.

"지금 특별한 일이 없으면 먹어버렸으면 하는데?"

선배를 선배라 부르지 못하고 223

"이 내단을 말인가요?"

자운이 고개를 끄덕였다.

"물론 너네가 먹어야지, 그럼 내가 먹을까?"

"대사형께서 드시는 게 몸을 회복하는 데 더 좋지 않을까요?"

자신을 걱정해 주는 운산과 우천의 마음에 자운이 피식 웃었다.

"내상도 안 입었고, 난 이런 거 안 먹어도 내공이 너무 넘쳐흘러서 문제다. 누가 감히 내 대해와 같은 내공을 따라잡겠냐."

확실히 내공 하나만 놓고 본다면 자운은 천하제일을 논할 수준일 것이다. 물론 무공도 천하제일을 논할 수준이긴 하지만 말이다.

"그러니까 별일 없으면 너네가 먹어라."

자운이 손을 뻗어 단번에 내단을 운산과 우천의 입안에 밀어 넣었다. 무언가 말을 하려던 운산과 우천은 갑자기 입안으로 내단이 들어오자 당황했다.

뱉으려 했지만 그런 의식조차 하기 전에 내단이 스르륵 녹아버렸다

청아한 향기가 입안으로 퍼져 나가고, 기이한 열기가 몸속에서 끓었다.

자운이 그런 운산과 우천을 보고 중얼거렸다.

"지금 당장 가부좌 틀지 않으면 너네 뒈진다."

죽기는 싫었던 것인지 운산과 우천이 다급하게 가부좌를 틀었다. 그리고는 천천히 운공을 시작했다.

황룡문의 심법이 그들의 몸속에서 회전했다.

가진 바 실력은 이미 능히 대주천을 이루고 남을 정도라 자운은 딱히 걱정하지 않고 그 둘을 바라보았다.

"그걸로 단번에 임독양맥을 타통해 버리면 좋겠는데 말이지."

내단에 담긴 내력이 적지 않으니 잘하면 할 수 있을 것이다. 둘 중 조금 더 가능성이 높은 것은 우천. 운산이 비록 강기지경에 올랐다고는 하지만 그의 혈맥은 얇았다. 그에 비해서 우천의 혈맥은 튼튼하고 두꺼웠다.

아마도 내력을 휘몰아치면 임독양맥을 타통하기 쉬운 쪽은 우천일 것이다.

그렇게 자운은 둘을 바라보고 있었다.

얼마나 시간이 흘렀을까, 운산이 먼저 눈을 떴고 일각 정도가 더 지난 후에 우천이 눈을 떴다. 자운이 그 둘을 보고 혀를 찼다.

"못난 놈들."

운산과 우천이 자운의 말에 당황해서 물었다.

"옛?"

자운이 아무렇게나 손을 휘둘렀다.

"아무것도 아니다."

하지만 속으로는 운산과 우천을 욕하고 있었다.

'아오, 병신 같은 녀석들.'

내단을 모두 흡수하라고 줬더니 누가 둘이 사형제 사이가 아니랄까 봐 딱 절반의 내력만 흡수했다.

계산하자면, 본래 내단이 가지고 있던 내력의 사분지 일 정도만 각자 운산과 우천의 몸속에 녹아내렸다는 의미. 아직 나머지 사분지 일이 둘의 몸속에 남아 있었다.

그러니 바보라고 한 것이다.

그걸 모두 녹였다면, 임독양맥의 타통은 운에 맡겨야겠지만, 운산과 우천은 모두 지금보다 한 단계는 더 성장할 수 있었을 것이다.

그것을 하지 못했으니 자운으로서는 화가 날 수밖에 없다.

하지만 이제는 어쩔 수 없다. 운공을 하는 도중이었다면 몸으로 퍼져 나가는 남은 기운을 강제로 끌어올려 단전에 처박아 버렸겠지만, 지금은 남은 내단의 기운이 모두 사지백해로 뻗어 나갔을 것이다.

시간이 좀 걸리긴 해도 자연스럽게 약효가 녹아내리기를

바라는 수밖에 없었다.

'일을 번거롭게 하는 데는 진짜 뭐 있다니까.'

자운이 혀를 찼다.

상황을 모르는 운산과 우천만이 멍하게 있을 뿐이다.

그런 운산과 우천을 향해 자운이 한마디를 툭 던졌다.

"아, 나 폐관에 좀 들어가야겠다."

운산과 우천이 말렸지만 자운은 기어코 폐관에 들어갔다. 아직 부족함을 스스로 느꼈기 때문이다. 큰일이 없는 한 목적한 바를 이룬 후에야 폐관을 나설 생각이었다.

목표한 바는 황룡무상십이강. 전부는 무리겠지만 하다못해 육룡까지라도 깨워야 일성을 상대할 수 있을 것이다.

그리고 둘 이상이 다음번에 합공을 한다 해도 목숨이 경각에 다다르지 않으려면 그 정도는 필요했다.

자운이 의식을 깊은 곳으로 침전시켰다.

의식은 몸속을 내려가고 내려가, 이윽고 단전에 도착했다.

단전에서 대해와 같은 내공이 느껴진다. 그 속에서 황룡 세 마리가 노닐고 있는 것이 느껴졌다.

자운의 의식이 멈춘 곳은 그 황룡 세 마리의 앞이었다.

주인이 내려온 것을 아는지 대해와 같은 내공 속을 노닐던 황룡들이 낮게 울었다.

우우우우—

자운을 향해 반가움을 표시하는 것이다. 그리고 그 황룡들 사이로 네 번째 여의옥이 모습을 살짝 드러낸다.

자운이 의식의 끝으로 여의옥을 살짝 두드렸다.

'그럼 제대로 한번 해볼까?'

* * *

반년이라는 시간이 흘렀다. 그 시간이 흐르도록 자운은 폐관에서 나오지 않았다. 어찌 된 것인지 그 후로 적성의 움직임 역시 잠잠해졌다.

칠적 중 넷을 잃은 것에 대한 경각심을 보이는 것일까?

그 어디서도 적성의 움직임은 전혀 잡히지 않았다.

우천의 시선이 자운이 폐관에 들어선 곳을 향했다. 자운이 선택한 폐관 수련장은 이전에 자운이 나온 곳과 같은 곳이었다.

거대한 바위를 밀치고 폐관에 들어간 것이다.

반년이라는 시간이 지나는 동안, 운산과 우천이 한 일은 수련장 앞에 자운이 먹을 벽곡단을 놓아두는 일밖에 없었다.

한데 이상하다. 한 달 전부터 밖에 놓아둔 벽곡단을 자운이 전혀 가지고 들어가지 않았다. 무슨 일이 있는가 걱정을 했지만, 자신이 먼저 나오기 전에는 절대로 들어오지 말라는 자운의 말이 있었던 터라 감히 들어가 보지는 못했다.

운산이 우천의 고개가 폐관 수련장을 향해 있는 것을 보고 물었다.

"대사형 생각해?"

운산의 말에 우천이 고개를 끄덕였다.

"이번에도 지난번에 놓아둔 벽곡단이 그대로 있더군요."

그것은 운산 역시 걱정하는 바였다. 절대의 경지에 오른 무인들은 몇 날 며칠을 먹지 않고 마시지 않아도 살 수 있다는 이야기를 들은 적은 있지만, 그들이 아는 자운은 그런 사람이 아니었다.

족히 백 년은 제대로 먹지 못한 사람처럼 배가 고프면, 때가 되면 먹어야 했다.

굶는 것은 자운에게 상상도 할 수 없는 일이나 마찬가지인데, 지금은 벽곡단조차도 먹지 않고 있는 것이다.

하지만 우천이 걱정스러워한다고 사형이자 황룡문의 문주인 운산까지 그런 표정을 지어 보일 수는 없었다.

"대사형을 믿자."

운산의 말에 우천이 운산을 바라보았다.

"꼭 나오실 게다. 아마도 천하제일, 아니, 고금제일이 되어 나올지도 모르지."

운산의 과장스러운 말에 우천이 고개를 끄덕였다. 확실히 자신들의 대사형이라면 고금제일이 되고도 남을 사람이다.

"예, 꼭 나오실 겁니다."

우천 역시 운산의 말에 고개를 끄덕였다.

유독 붉게 빛나는 별이 하나 있었다. 사람들은 부르기를 천살성이라 한다.

일성이 천살성을 매우 만족스러운 표정으로 바라보았다.

오늘이 바로 그날, 자신의 무공이 완성되는 날이었다.

지존천살기(至尊天殺氣).

11성에 오르는 것은 인간의 힘이더라도 대성하는 것은 천살성의 기운을 받아야 한다.

그의 옆에는 각기 살아남은 육적 셋과 적성에 포함된 무림인들이 부복 자세로 있었다.

오로지 서 있는 것은 단 한 사람, 일성뿐이었다.

일성이 하늘에서 빛나는 천살을 매혹적인 눈으로 바라보다가 일적을 향해 물었다.

"난신의 손에 죽은 이가 벌써 넷이군"

일적은 죄송해서 몸 둘 바를 모르겠다는 듯 고개를 더욱 숙였다.

"역시 무림이라는 괴물은 재미있어. 부숴뜨릴 가치가 있단 말이지."

그가 주먹을 움켜쥐었다. 흥분으로 온몸이 들뜬다.

그 정도는 되어야 산산이 부수고 지배하는 재미가 있지. 마치 그렇게 생각하는 듯했다.

"놈은 내가 부숴뜨린다."

그의 말에 일적이 미미하게 고개를 끄덕였다. 무림의 구세주로 추앙받고 있는 난신을 쓰러뜨린다면 자신들의 군주인 일성의 힘을 더욱 확고히 무림에 알릴 수 있을 것이다.

마침내 달이 가려졌다.

적성의 환한 빛이 천지를 덮었고, 밤하늘이 핏빛으로 물들었다.

일성이 천살성을 향해 손을 뻗었다. 그의 손에 붉은 빛이 맴도는가 싶더니 그대로 직선으로 뻗어진다.

동공에 유일하게 나 있던 구멍을 통해 하늘로 솟구친 붉은 빛이 닿은 곳은 바로 천살성이었다.

두 개의 붉은 빛이 하나가 되었다.

기둥을 타고 천살성의 힘이 전해져 내려온다.

꿈틀—

일성의 미간이 꿈틀 움직였다. 감히 상상도 하기 힘들 정도의 힘이 온몸으로 흘러넘쳤기 때문이다.

"아아!"

그가 쾌감에 환호성을 질렀다. 이런 쾌감이라니, 여자를 품는 것에는 비교도 되지 않았다. 사람을 잡아다가 마취를 하지 않고 산 채로 몸을 헤집고 근육을 발라내며 뼈를 갈아버릴 때, 그가 내지르는 비명 소리를 듣는다면 과연 이런 쾌감이 들까?

아니, 아마도 그것보다 더한 쾌감일 것이다.

온몸이 희열로 가득 차올랐다.

그다음으로 차오른 것은 힘이었다. 단전에서 빠져나온 힘이 온몸으로 뻗어 나갔다.

곧 사지백해마저 별의 힘으로 가득 찬다.

하지만 그것으로도 부족한지 그의 육체는 더욱더 천살성의 힘을 탐했다. 천살성 역시 쉬지 않고 그의 몸을 향해 힘을 내려 보내주었다

얼마나 빛의 기둥이 지속되었을까?

일각, 이각?

약 반 시진에 이르는 시간 동안 빛의 기둥은 집중이 되었고, 천살성의 빛이 조금씩 약해졌다.

그와는 반대로 일성의 몸에서 뿜어져 나오는 절대의 기운은 더더욱 강해졌다.

마침내 천살성의 빛이 꺼지고, 하늘을 찌를 듯 솟았던 붉은 기둥이 점점 짧아졌다.

이윽고 그 자리에 남은 것은 일성 하나뿐이었다.

일성이 희열에 찬 신음을 흘렸다.

"아아아!"

지금 당장 누구 하나 죽이지 않고는 버티지 못할 감각이었다.

그가 혀를 이용해 입술을 적시고 주변을 바라보았다. 그의 수하들이 모두 부복 자세로 있었다.

일성이 손을 뻗었다.

백홍에 속하는 이들 중 하나가 단번에 그의 손으로 딸려 들어왔다.

그가 일성 내부에서 어느 서열에 있는지는 중요하지 않다. 지금 당장 죽이고 피를 마시고 싶었다.

온몸으로 갈증이 차올랐다.

일성의 입술 안쪽에서 송곳니가 예리하게 빛났다.

그것을 본 사내가 비명을 질렀다.

"으, 으아아악!"

하지만 비명은 오래가지 못했다.

일성이 사내의 목을 단번에 꺾어버린 탓이었다.

"시끄럽군."

사내의 목을 단번에 꺾어버린 일성이 이빨을 사내의 목으로 가져갔다. 곧 날카로운 송곳니가 그에게 박혀든다.

딱히 흡혈을 하는 마공 따위는 익힌 적이 없는데 왜 이리 이자의 피가 달콤하게 느껴지는지 모르겠다.

'피가, 피가 달아. 하아! 하아! 하아! 정말로 피가 달아.'

피를 마시며 일성은 그렇게 생각했다.

그것을 바라보던 일적이 침을 꿀꺽 삼켰다. 예언에 나온 그대로였다. 천살성의 힘을 받아 지존천살기를 완성하면 완성 직후에는 인간의 피를 탐하게 된다고. 그래서 이렇게 부하들을 불러 모아 제물을 마련하지 않았던가.

그리고 마침내 만족할 만큼 피를 마시고 나서야 일성은 사내의 목을 놓아주었다.

아니, 아무렇게나 내팽개쳤다는 말이 맞을 것이다.

피가 빨려 목내이처럼 변한 사내의 시체가 형편없이 바닥을 굴렀다.

"처음에는 달콤했는데 이제는 비리네."

일성이 히죽하고 웃었다. 피 맛이 비리게 변했다는 것은 더 이상 피를 마시지 않아도 된다는 것을 의미한다.

또한 일성의 무공이 완벽해졌다는 것을 의미했다.

"경하드립니다."

일적이 머리를 쾅 하고 바닥에 박았다. 그를 시작으로 모든 적성의 이들이 머리를 바닥에 박았다.

쾅—

쾅쾅—

여기저기서 머리 찍는 소리가 들려오고, 그 모습을 바라보던 적성이 만족스럽게 웃었다.

第十章 즉결 처분이다. 개똥같은 자식아

황룡난신

　자운은 무념무상 속에서 검을 휘둘렀다. 황룡무상십이강은 무로 이룰 수 있는 모든 것을 집약해 놓은 무공이다.
　패, 호, 쾌, 환 등등 수도 없이 많았다.
　자운은 그런 것들을 하나하나 찾아가며 몸을 움직였다. 하지만 이내 그것들은 자운이라는 물속에 녹아들었다.
　어느 것이 딱히 무리라고 구분하기 어려워졌다. 자운이라는 물은 그 모든 것들을 품고 잔잔하게 흘렀다.
　바야흐로 무공에서 말하는 유수(流水)의 경지가 된 것이다. 처음에는 작은 시냇물이었다. 하지만 그것은 곧 거대한 폭포

수로 변했고, 흐르고 흘러 강이 되어 하류로 들렀다.

그리고 종착한 것은 무의 바다, 무해(武海)였다.

무해 속에서도 자운은 그 흐름을 잊지 않고 흘렀다. 누구도 대항하지 못할 거센 해류가 되어 흐른다.

자운의 몸속에서 황룡이 이내 한 마리씩 꿈틀거리며 늘어갔다.

패룡, 호룡, 비룡이 순서대로 머리를 들었고, 나머지 녀석들도 때가 됨에 따라 하나씩 머리를 들었다.

그렇게 유수(流水)와 무아(無我)의 경계 속에서 삼 년이라는 시간이 흘렀다.

쩌억—

거대한 바위가 정확하게 두 쪽으로 갈라졌다. 그 속에서 머리를 바닥에 질질 끌며 걸어나온 사내가 있었다.

준수한 얼굴에 오랜 시간 빛을 보지 못한 듯 탈색된 피부, 어깨에는 껄렁하게 검을 걸치고 있었다.

"아아, 이게 도대체 얼마 만에 보는 햇빛인지."

그가 눈이 부신 듯 하늘을 바라보며 탄성을 질렀다.

얼마나 시간이 지났는지는 알 수 없었다. 유수와 무아의 경계에서는 시간의 흐름이 전혀 느껴지지 않았다.

매우 적은 시간이 지났을 수도 있고, 매우 많은 시간이 지났을지도 모른다.

그가 동굴 밖으로 천천히 걸어나왔다.

사내는 삼 년 전 폐관에 든 자운이었다. 그가 바닥까지 흘러내리는 머리를 황룡신검을 이용해 싹둑 잘라내었다.

기다란 흑발이 우수수 떨어져 내렸음에도 불구하고 아직까지 어깨 위로 내려오는 머리는 남자치고는 제법 길었다. 자운이 자신의 옷소매를 부욱 찢었다.

그것으로 머리를 아무렇게나 묶어버린다.

"그보다 시간이 얼마나 흐른 거지?"

자운이 고개를 흔들며 주변을 살폈다. 얼마나 흐른 것인지는 모르겠는데, 주변은 처음 폐관에 들어설 때와는 달리 조금 변했다.

뚜둑뚜둑—

목을 꺾자 여기저기서 뼈 소리가 들렸다.

가볍게 몸을 푼 자운이 천천히 걸음을 옮기며 농을 던졌다.

"하하하! 설마 또 이백 년이 지난 것은 아니겠지?"

자운의 걸음이 향하는 곳, 그쪽에는 황룡문이 있었다.

자운이 난감한 표정으로 황룡문의 정문을 바라보았다. 분명 황룡문이 있었던 자리가 맞는데 지금은 황룡문이 형체도 없이 사라져 버렸다.

"설마 또 이백 년이 지난 건가?"

불길한 생각이 들었다. 다시 한 번 생각해 보았지만, 가설적으로는 맞지 않았다.

그가 이백 년이라는 시간을 죽지 않고 살 수 있었던 이유는 가사 상태에 들어서서 최소한의 활동만이 일어나던 몸뚱이 때문이었다.

이번 폐관 수련에서는 가사 상태에 들어서지 않았으니 이백 년이 지났음에도 불구하고 죽지 않을 이유는 없었다.

자운이 고개를 갸웃했다.

"그럼 뭔가 다른 일이 일어난 건가?"

아무래도 황룡문에 일이 생겼을 가능성이 높았다. 자운이 천천히 몸을 돌렸다.

"그럼 알아보러 가야겠네. 그리고 만약 황룡문이 해를 입은 것이라면……."

뿌드득—

자운이 이를 갈았다.

그가 어깨에 걸치고 있던 황룡신검을 허리춤에 찼다. 그리고는 소식을 듣기 위해 저자를 향해 걸음을 옮겼다.

"어떤 놈이든지 반드시 죽여 버리겠다."

자운이 찾아간 곳은 기루였다. 평범한 기루가 아니라 일전에 정보를 얻고 황룡문과 거래를 하던 기루다.

다행히 아는 사람만 알아볼 수 있는 하오문의 표식이 그대로 남아 있었다. 자운이 문을 열고 들어가서는 자신을 맞으러 나온 점소이에게 금원보 하나를 보여주었다.

이전에 폐관에 들어서기 전에 혹시 몰라 챙겨두었던 금원보다. 그것을 이렇게 쓸 줄은 자운으로서도 생각하지 못했다.

금원보를 바라본 점소이의 표정이 경직되고, 그는 곧 자신보다 높은 이에게 알리러 가려는 듯 자운에게 양해를 구했다.

"대인이셨군요. 잠시만 기다려 주시면 총관 나리를 불러오겠습니다."

자운이 고개를 끄덕이며 손을 흔들었다.

"그래그래. 얼마든지 기다려 줄 테니까 좀 불러와라."

점소이가 떠나가고 잠시 기다리자 기루의 총관이 나왔다.

이전과는 다른 총관. 이전에는 여자 총관이었는데 이번에는 남자 총관이었다.

'그사이에 사람이 바뀌었나 보군. 그럼 루주도 바뀌었으려나?'

그러면 생각보다 골치가 아파지는데, 일단은 한번 부딪쳐 보기로 했다.

"본 루의 총관 만일입니다. 대인을 어디로 모시면 되겠습니까?"

즉결 처분이다. 개똥같은 자식아 243

자운이 일전에 말했던 암어를 그대로 다시 말했다.

"사층으로 가고 싶은데?"

말을 하며 자운이 머리를 긁적였다.

자운의 말에 총관의 눈이 예리하게 반짝인다. 암어를 알아들은 것이다.

"손님, 저희 루에는 사층은 없고 삼층까지밖에 없습니다."

자운이 고개를 끄덕였다. 물론 암어의 예정된 어순이었다.

자운이 다음 암어를 말했다.

"그럼 삼층의 제일 구석진 방으로 보내줬으면 하는데?"

"그럼 원하시는 대로 삼층에서 가장 풍경이 좋은 방으로……."

자운이 친절하게 그의 말을 수정해 주었다.

"이 새끼가 뭐라는 거야. 삼층에서 제일 구석진 방으로 데려다 달라고."

이전과 같이 자운은 삼층에서 가장 구석진 방으로 안내되었다.

자운이 방으로 들어가는 것을 본 총관 만일의 눈이 반짝 빛났다.

가장 구석진 방으로 안내된 자운이 쳐져 있는 발 너머를 들여다본다. 원래는 절차가 하나 더 있었는데, 아무래도 그 절차는 할 필요가 없었던 모양이다.

자운이 발 너머의 얼굴을 알아보고는 입맛을 다셨다.

"쩝쩝. 젊은것들 속곳을 좀 보고 싶었는데, 용케도 알고 미리 대기하고 있었네?"

자운의 말에 취록이 웃었다.

"이전과 같은 암어를 쓰신 분이 있다길래 단번에 알아들었지요."

자운이 고개를 끄덕였다.

"그래, 눈치 하나는 빨라서 좋군."

제 집 안방이라도 된 것처럼 자리에 편하게 앉는 자운. 자운이 손을 휙 움직였다.

단번에 취록의 얼굴을 가리고 있던 발이 위로 올라간다.

촤르르륵—

취록의 얼굴이 드러났다.

"역시 넌 바뀌지 않았네. 총관이 바뀌었길래 너도 바뀌었으면 어쩌나 하고 고민하고 있었는데."

자운의 말에 그녀가 웃었다.

"호호호! 천하의 난신께서 저를 기억하고 있으시다니 기쁘기 그지없네요. 그런데 어쩌죠. 저는 조금 몸값이 비싼데 말입니다."

그녀의 말에 자운이 피식 웃으며 품속에 하나 남은 금원보 하나를 꺼내 들었다.

"미안한데, 지금은 가진 게 이거 하나밖에 없어. 정확하게 말하면 거지 중에서도 상거지거든. 개방 들어가도 될 팔자야."

"음, 그건 조금 곤란한데요? 저희는 정보상인. 돈이 들어오지 않는데 정보를 넘겨줄 수는 없어요."

자운이 검결지를 말아 쥐었다.

그리고는 그녀의 목을 겨눈다. 검결지를 타고 강기가 흘렀다.

"죽어도?"

하지만 취록은 눈 하나 깜짝하지 않았다.

"예. 죽어도요."

자운이 피식 웃으며 검결지를 거두어들였다. 그리고는 취록의 눈을 마주 봤다.

"그 정도 강단은 있어야 정보상인 해먹지. 그럼 이건 어때? 나한테 하오문이 빚을 하나 지워두는 거다."

"빚 말인가요?"

자운이 고개를 끄덕였다. 그는 무림의 절대자 중 한 명이다. 무려 난신. 그에게 빚을 지워두면 후에 꽤 중하게 이용할 수 있을 것이다.

밑지지는 않는 거래. 하지만 이렇게 순순히 물러서 줄 수는 없다.

"그럼 일단 원하는 정보나 들어보지요."

그녀가 태연하게 말을 하자 자운이 피식 웃고는 자신이 원하는 정보를 털어놓았다.

지금 궁한 것은 자운이지 그녀가 아니었다.

"내가 원하는 정보는 황룡문에 관련된 이야기, 그리고 내가 무림에서 모습을 감춘 지 얼마나 되었고, 그사이에 일어난 일에 관한 정보가 필요하군."

사실 그리 값이 나가는 정보는 아니다. 대부분 밖에 나가 선술집에서 발품을 조금만 팔면 얻을 수 있는 어렵지 않은 정보였다.

취록이 그것을 그대로 말했다.

"조금만 발품을 팔면 술 한 잔에도 이야기를 파는 이들이 많을 법한 정보로군요."

자운이 고개를 끄덕였다.

물론 그 정도는 자운 역시 알고 있지만 그가 원하는 것은 시중에서 들려오는, 누가 어찌 어찌 했다더라 하는 정보가 아니었다.

"내가 원하는 정보는 비교적 자세한 정보다. 최대한 상세하게 말이지."

그렇다곤 해도 그리 비싼 정보는 아니었다. 그거 하나에 난신이라는 절대고수에게 빚을 지워둘 수 있다면 남는 장사 정도가 아니었다.

그야말로 대박 나는 장사라고 할 수 있었다.

그녀가 고개를 끄덕였다.

"알겠어요. 정보를 드리지요."

자운은 경청하여 그녀의 이야기를 들었다. 자운이 폐관 수련에 들어선 지는 벌써 삼 년이 흘렀다고 한다. 생각보다 많은 시간이 흐른 것은 아니라 안도했다. 하지만 자운이 폐관에 들어설 무렵처럼 어지러운 시대에서는 절대로 삼 년은 짧은 시간이 아니다.

자운이 폐관에 들어서고 반년 정도가 더 흘렀을 무렵, 일성이 발호했다고 한다.

그들이 발호를 시작한 곳은 대륙의 남쪽 남해도. 남해도에서부터 치고 올라온 그들은 무서운 신위로 무림을 차차 정복해 나갔다고 한다.

그 선두에 선 이는 일성으로서, 괴걸왕과 독성이 동시에 덤볐음에도 불구하고 승리하지 못했다고 한다.

그리고 그 싸움에서 독성은 한쪽 팔을 잃었다고 한다.

자운이 혀끝을 찼다.

"일성이라는 놈이 생각보다 강했던 모양이군."

자운의 말에 취록은 일성이라는 자가 절대고수 둘을 상대하면서도 상처 하나 입지 않았다는 사실을 강조하려 했지만, 자운은 그저 심드렁한 표정으로 '그래, 알았으니 다음 이야기나 계속해 봐'라고 말했을 뿐이다.

마치 자신 역시 그 정도는 가능하다고 말하는 듯했다.

취록은 곧 자운을 설득하는 것을 포기하고 계속해서 이야기를 이어나갔다.

일성이 선두에 선 적성의 무림 정복, 그 손은 마침내 섬서에까지 닿았다. 섬서의 황룡문이라고 무사할 리가 없었다.

그들은 난신을 배출해 낸 문파라는 이유 하나만으로 적성의 공격을 받았고, 기적적으로 몇몇의 황룡문도가 탈출했다고 한다.

물론 그중에는 운산과 우천이 섞여 있었고, 거기에는 괴걸왕의 도움이 컸다.

한 가지 확실한 것은 적성의 진격은 계속되었고, 정파 무림은 계속해서 뒤로 밀렸다는 사실이다. 남존북승이라 불리는 무당과 소림마저 무너졌다.

정파 무림의 자존심뿐만 아니라 정사를 통틀어 중원 무림의 자존심이라고 할 수 있는 소림과 무당이 무너지고 폐퇴를 거듭한 것이다.

살아남은 무당과 소림의 생존자들이 다급하게 퇴각하기는

했으나, 한번 무너진 자존심은 쉬이 돌아오지 않았다.

 적성은 소림과 무당을 무너뜨린 것으로도 성에 차지 않았는지 계속해서 무림을 밀어붙였다.

 그리고 지금 삼 년에 걸쳐 최후의 방어선이 결성되었는데, 그곳이 바로 감숙과 녕하, 그리고 청해였다.

 자운이 자신이 앉은 자리를 내려다봤다.

 "한마디로 여기는 적진이라는 소리네. 그것보다 살아나간 우리 애들 소식은 없어?"

 그 말에는 취록이 고개를 절레절레 흔들었다.

 "안타깝게도 그들의 소식은 없어요. 하지만 간간이 들려오는 소문에는 무림맹이 있는 곳에 가끔 황룡문의 무공을 사용하는 자가 나타난다고 해요."

 "무림맹?"

 자운이 무림맹이라는 말에 관심을 기울였다. 이전에 구파일방이 무림맹을 형성한다고 했을 때 자운이 오대세가 역시 끌어들인 후에 무림맹을 만들라며 면박을 준 적이 있다.

 "예. 상황이 급박하게 돌아가자 구파일방과 오대세가가 연합을 했어요. 그리고 살아남은 정파인들을 끌어모아 무림맹을 형성했습니다. 무림맹이 있었기에 그나마 지금 방어선이 유지되고 있는 것이라고 할 수 있어요."

 "그렇군."

자운이 필요로 한 정보를 다 얻었다는 듯 고개를 끄덕였다.

그리고는 고개를 움직여 주변을 휘휘 살폈다.

"그것보다 지금 주변의 쥐새끼들, 네 새끼야?"

그의 말에 취록이 당황한 표정을 지었다. 쥐새끼라니, 누가 숨어 있다는 말인가?

혹시라도 절대고수의 이목을 거스를까 걱정해서 자신의 비밀 호위마저 물렸던 그녀다.

주변에 아무도 숨어 있지 않은데 자운이 누군가 있다고 하니 당황할 수밖에 없었다.

그 감정이 그녀의 얼굴에 바로 드러났다.

자운이 피식 웃었다.

"그래, 네 새끼들은 아니니 모두 죽여도 상관없겠군."

그 순간 수십 자루의 비도가 자운과 취록을 향해 쏘아졌다. 그와 동시에 자운이 입고 있는 낡은 옷에 가득하게 기운을 불어 넣었다.

콰과과광—

옷이 넓게 펼쳐지고 수십 자루의 비도와 충돌한다. 폭음이 울리는 와중에 자운의 옷이 넓게 펼쳐지며 취록을 감쌌다.

단 하나의 비도도 그의 옷을 뚫지 못하고 바닥에 떨어졌다.

타다다당—

자운이 떨어진 비도 중 하나를 집어 들어 손가락으로 날을

만졌다

보라색 액이 손가락에 묻었다.

이 정도의 독으로 자신을 해하려 했다는 말인가?

"어처구니가 없는 게 아니라 귀엽기까지 하군."

자운이 일순간 기세를 해방했다.

그의 몸속에서 인간의 것이라고는 감히 상상도 되지 않는 기도가 한순간 뿜어지고, 천장에서 일곱에 이르는 암살자가 떨어져 내렸다.

자운이 친히 그들의 가슴팍에 검을 박아 넣었다.

푸욱 하는 소리와 함께 피가 솟구친다.

난번에 취록의 방이 피와 시체로 난장판이 되었다. 자운이 취록을 향해 미안한 표정을 지어 보였다.

"이거 참, 미안한데?"

취록이 고개를 흔들었다.

"아니. 사람을 불러서 치우면 됩니다."

자운이 고개를 설레설레 흔든다.

"아니, 이게 끝이 아닌 거 같거든. 그게 문제야."

자운의 몸이 날았다. 지금 이곳은 실내 삼층이다.

누각에서 가장 높은 층이었으니 이대로 솟구친다면 지붕을 뚫고 기루의 꼭대기에 서게 될 것이다.

자운의 발이 삼층의 천장을 때렸다.

와장창 하는 소리와 함께 천장이 부서지고, 자운이 그 부서진 구멍을 통해 밖으로 나갔다.

 그가 기루의 아래를 내려다봤다.

 와글와글한 숫자의 무림인들이 검을 들고 기루를 포위하고 있었다.

 그들의 가슴팍에는 하나같이 적성(赤星)이라는 글자가 새겨져 있었기 때문에 소속을 파악하는 것은 어렵지 않았다.

 자운이 허리춤의 검을 뽑았다.

 "적성의 개새끼들이구나."

 그의 시선이 천천히 움직여 무리를 확인한다. 무리 중에는 자운을 취록에게 안내를 해준 총관 만일 역시 섞여 있었다.

 자운이 그를 향해 친근하게 인사를 건넸다.

 "아, 너구나. 사람들을 이렇게 끌어 모은 것이."

 놈이 자신의 주변에 있는 적성의 대군을 믿은 것인지 자신만만하게 고개를 끄덕였다.

 "흥! 얼굴이 익숙해서 확인했더니 역시 난신이었구나. 네 목에 걸린 금화가 무려 십만 냥이다!"

 자운이 아쉽다는 듯이 자신의 목을 쓰다듬었다.

 "아아, 고작 십만 냥이라니. 나도 아직 부족하군. 하긴, 백만 냥이 되어도 너네는 나를 잡을 수 없지. 근데 말이지, 고작 목표가 십만 냥이었어? 십만 냥 하나만 보고 나와 척을 지는 것은 절대로 쉬운 일이 아니었을 텐데 말이지."

자운의 말에 놈이 고개를 끄덕였다.

"물론 네놈과 루주가 내통하고 있는 사실 역시 적성의 지부에 밀고했지. 널 죽인 후에 루주도 죽이고 내가 이 루의 주인이 될 것이다!!"

놈이 자신만만하게 소리쳤다. 자운이 고개를 숙여 지붕에 뚫린 구멍을 통해 안을 들여다봤다.

그 속에는 여전히 취록이 앉아 있었다.

"저 새끼가 너도 죽인대. 어쩔래?"

취록은 갑작스럽게 일어난 사태에 아무런 말도 하지 못하고 그대로 있었다. 난신이라면 놈들 사이를 빠져나갈 수 있겠지만, 난신과 내통한 것이 들킨 취록으로서는 절대로 살지 못할 것이 분명했다.

그녀의 입술이 새파랗게 물들고, 얼굴이 백짓장처럼 창백하게 변했다.

자운이 그 모습을 보고는 웃었다.

"왜 이래. 아까는 나보고 죽어도 정보는 못 준다더니."

그 말에 취록이 답했다.

"거래를 하는 것과 이건 분명히 다른 일이니까요."

"역시 강단이 세군."

자운이 다시 고개를 들어 적들을 바라보았다. 지금 이 순간에도 놈들은 속속들이 모여들고 있었지만, 자운을 위협할 정도는 되지 못했다.

그것을 아는지 모르는지 밑에서 만일이라는 놈은 고래고래 소리를 치고 있었다.

"하하하! 십만 냥과 루주의 자리가 내 것이 되는구나!"

자운이 개똥같은 소리 하지 말라는 표정을 지어 보이며 후비적대며 귀를 팠다.

그리고는 다시 취록을 내려다보았다.

"너에게 거래를 하나 제안하지."

자운의 말에 그녀가 고개를 들어 자운을 바라보았다.

무슨 거래를 말하는 것이냐고 묻는 듯한 표정. 자운이 그녀를 향해 손을 뻗었다.

"네가 앞으로 나와 함께 다니며 정보를 준다고 약속하면 저 개똥같은 말을 지껄이는 녀석에게서 탈출시켜 주지."

자운의 말에 그녀는 망설임없이 고개를 끄덕였다. 아무래도 그것이 지금 이 상황에서 살아날 수 있는 유일한 방법인 것 같았다.

그녀가 고개를 끄덕이자 자운이 아래쪽에 있는 만일을 지붕 위에서 내려다보았다.

"거래가 성립되었어. 그런 고로 너는……."

자운의 검이 허공을 갈랐다.

즉결 처분이다. 개똥같은 자식아

푸확—

만일의 가슴팍이 쩌억 벌어지며 피가 쏟아졌다. 그 사이로 잘려 버린 내장 또한 떨어져 내린다.

"즉결 처분이다, 개똥같은 자식아!"

황룡난신

 감숙(甘肅) 천수(天水), 지금 그 속에서는 무림맹 소속의 사람들과 적성 소속의 무인들이 피 말리는 전투를 벌이고 있었다.

 "으아아아!"

 여기저기서 피 튀는 소리가 들려왔다. 또 누군가가 죽은 것이다. 시산혈해. 감숙의 경계에서는 빈번하게 일어나는 일이었다.

 무림의 전쟁은 지금도 계속되는 중이다.

 천수를 따라 흐르는 강에는 사람의 시체가 매일 떠내려갔고, 핏물이 넘쳐흘렀다.

휘이익―

그 속에서 한 남자가 움직였다. 매끄럽게 뻗은 검신을 움직이며 적 사이를 종횡무진 움직인다.

그의 팔에 수놓아진 황룡이 유독 도드라져 보였다.

강기가 거세게 피어오르고, 그의 검에서 황룡검탄이 쏘아졌다.

우우우우―

완전히 형상을 이룬 황룡검탄이 적 사이를 종횡무진 누비며 밀고 다녔다.

누군가가 사내를 보고 소리쳤다.

"황룡대협이시다!"

"오오, 동부 전선의 무신!"

그들이 소리치는 황룡대협은 바로 운산이었다. 황룡문이 침공당했을 때 괴걸왕과 개방의 도움으로 우천과 함께 무사히 황룡문을 탈출할 수 있었고, 무림맹이 있는 감숙까지 갈 수 있었다.

그 후 무림맹에 소속하게 된 운산은 적성과의 여러 전투에서 숱한 성과를 올려 '황룡대협'이라는 무림명까지 얻었다.

운산이 눈앞의 적을 거침없이 베며 소리쳤다.

"여기서 밀리면 감숙의 성도가 코앞이다! 그렇게 되면 우리에게는 청해만이 남게 된다! 절대로 밀리지 말고 싸워라!"

운산의 인상은 조금 더 날카롭고 사내답게 변해 있었다.

이 년이 넘는 시간 동안 계속된 전장이 그를 그렇게 만들었다. 볼에는 검에 입은 상처가 나 있었고, 몇 번의 생사를 넘나드는 고비 속에서 그는 강해졌다.

그것은 남부전선으로 가 있는 우천 역시 마찬가지였다.

몇 번이고 생과 사의 고비를 넘긴다는 소식이 들려오기는 했다. 하지만 절대로 죽었다는 소식은 들려오지 않았다.

두 사형제는 끈질기게 살아남았다.

그들에게는 희망이 남아 있었기 때문이다.

언제고 다시 눈앞에 그 사내가 나타나 줄 것이라는 희망!

적 사이를 누비는 운산의 앞으로 거부를 두 손으로 휘두르는 사내가 나타났다.

"네놈이 황룡대협인지 지렁이 대협인지 하는 애송이냐!"

운산이 밟던 보법을 멈추고 사내를 노려보았다.

사내의 몸에서 느껴지는 날카로운 기도가 제법이었기 때문이다. 이전에 적발라라는 사내보다 강했으면 강했지 약하지 않은 기도였다.

운산이 검을 움켜쥐었다.

그때의 자신과 지금의 자신은 또 다르다.

지금은 적발라와 일대일로 싸워도 지지 않을 자신이 있

었다.

"내가 바로 그가 맞다."

운산이 그를 향해 반말로 답했다. 그러자 놈의 미간이 꿈틀 움직인다. 외모로 보나 연배로 보나 자신이 분명 열 살은 족히 많은데, 이 애송이는 존대라는 것을 할 줄 모르는 모양이다.

"푸흐흐, 네놈이 전장에서 하찮은 무명을 좀 날렸다고 어르신 알기를 개같이 아나 본데, 이 거암도의 실력을… 이놈이!"

놈이 떠드는 사이에 운산이 몸을 움직였다.

손목을 까딱 움직이는 것만으로도 강력한 검격이 놈을 후려쳤다.

카앙—

갑작스럽게 이어진 공격에 당황한 것은 거암도였다. 거암도의 두 손이 꼬이고, 운산은 놈이 꼬인 손을 풀 시간을 주지 않고 몰아쳤다.

쾅쾅쾅쾅쾅—

"크윽! 이 개 같은 놈아!"

거암도가 무식하게 큰 소리를 쳤다. 하지만 운산은 눈 하나 깜짝하지 않고 공세를 이어나간다.

밀릴 생각은 없다.

승기는 보였다 싶을 때 한 번에 잡아채야 한다. 오랜 전장의 경험이 그것을 뼈저리게 느끼게 해주었다.

거암도의 신형이 조금씩 밀리고, 운산이 놈의 사이에서 빈틈을 찾았다.

푸욱—

단번에 두터운 뱃가죽이 잘려 나간다. 그리고 거암도가 그 자리에서 절명했다.

그런 운산을 공격한 것은 창을 이용한 세 명의 무인이었다.

능수능란한 협공. 그들의 실력은 강기지경에 이르러 있었기 때문에 감히 운산이라 할지라도 그들의 경시할 수는 없었다.

운산히 차분하게 눈을 내리깔고 그들의 움직임을 살폈다.

셋은 운산을 진 속에 가둬놓기라도 한 듯 주변에서 빙글빙글 돌며 운산의 움직임을 살폈다.

그러다 운산이 빈틈을 보였다 싶을 때 놈들 중 하나가 튀어나왔다.

피슈웅—

창이 단번에 대기를 가르고 운산의 허리를 향해 질주한다.

운산의 보법이 일변했다. 가볍고 빠르게 전장을 누비던 보법에서 무겁고 태산과 같은 보법으로 변했다.

광룡폭로.

이전에는 내공이 부족하여 감히 펼치지 못했던 보법이 이제는 자연스럽게 펼쳐진다.

광룡폭로를 이용하자 바닥이 터져 나가고, 바위와 돌조각이 치솟았다

퍼버버벙—

아래에서 화탄이라도 터진 것처럼 운산의 발아래가 터져 나갔다.

쾅쾅쾅—

바람 소리가 나며 돌에 가로막힌 적의 창이 운산을 빗나갔다.

운산이 놓치지 않고 놈들의 품속을 그대로 파고들었다.

공수탈백의 수법. 눈 깜짝할 사이에 상대의 품속을 파고들어 검을 휘두른다.

당황한 놈은 창대를 이용하여 운산의 공격을 막으려 했지만, 강기가 솟구치는 검을 평범한 창대로 막아내는 일은 있을 수 없었다.

쾅—

운산의 발이 묵직하게 진각을 밟고, 그 무게가 그대로 검을 타고 흘렀다. 그리고는 창대와 함께 그의 몸을 통째로 반으로 갈라간다.

질펀 하는 소리와 함께 놈의 내장이 바닥으로 쏟아졌다.

운산이 빠르게 고개를 돌렸다. 뒤에서는 운산의 허리를 노리는 창 두 개가 찔러들어 오고 있었다.

그가 바닥을 박찼다. 그리고는 바닥에 눕는 형상으로 몸을 띄웠다.

등이 일순간 화끈해지더니 창이 빠르게 지나가는 것이 느껴졌다.

철판교의 수법을 이용해 다리를 굽힌 후 발끝으로 등 아래를 지나간 창대를 때렸다.

터엉—

묵직한 무게에 적의 창대가 흔들리고, 그 반발력을 이용해 운산의 몸이 날았다.

휘이이익—

운산이 허공에서 한 바퀴 회전했다.

그 모습이 마치 무당의 제운종과 같았다. 바닥에 내려서는 순간, 다시 운산의 보법이 일변한다.

무거운 보법에서 빠르고 가벼운 보법으로.

운산이 단박에 흔들리는 창 사이를 헤집고 들어갔다.

"어엇!"

운산이 파고들자 놈이 놀란 듯 비명을 질렀다. 하지만 운산의 검이 더 빨랐다.

쉬익—

단번에 놈의 어깨를 잘라내고, 몸을 뒤로 돌려 한쪽 다리마저 잘라내었다. 이제 이자는 전장에서 움직이지 못할 것이다.

그렇게 생각하고 있을 때, 허리 언저리가 화끈해지는 감각이 들었다.

"크윽!"

운산이 불에 덴 듯한 뜨거운 감각에 신음을 흘렸다.

'한 놈이 더 남아 있었지.'

운산이 호흡을 들이쉬고 적을 확인했다. 둘을 쓰러뜨렸는데 하나가 남아서 운산을 공격한 것이다. 허리를 확인하자 옷이 축축하게 젖어들어 가고 있다.

상처가 넓지는 않으나 깊었다. 빨리 지혈을 해야 할 것이다.

하지만 적을 앞에 두고 지혈을 할 수는 없었다.

운산이 한 손으로 허리를 꾹 눌렀다. 본격적인 지혈 대신 당장에 피가 흘러나오는 것을 손바닥으로 막은 것이다.

"흐흐흐, 허리를 다쳤으니 움직임이 둔해지겠군."

놈이 운산을 향해 신음을 흘리며 말했다.

놈의 창에서 불꽃이 피어올랐다.

강기를 창에 덧입힌 창강이 모습을 드러낸 것이다. 운산이 뜨겁게 타오르고 있는 창강을 마주 보았다.

그리고는 말을 씹어 뱉었다.

"너 하나 죽이기에는 충분하지."

그의 검에서 역시 황금빛 강기가 타오른다. 먼저 선공을 취한 것은 놈이었다.

상처 입은 운산이 먹이처럼 보였을 것이다.

쐐애애액—

창이 허공을 찢었다. 붉은 궤적이 그려지고, 그 위로 강기가 휘날리는 것이 마치 혈번(血幡)을 연상시켰다.

피의 깃발은 순식간에 운산의 지척에 다다랐다.

철판교!

운산이 허리를 꺾었다. 등이 바닥에 닿을 듯 내려갔다가 벼락처럼 튀어 올랐다. 그 반동을 이용한 사선 베기. 황금빛 물결이 허공에 그려지고, 그 공격이 붉은 혈번과 같은 창대와 충돌했다.

카앙—

강기와 강기가 충돌하고, 한 손으로 허리를 누르고 있던 운산이 조금 밀렸다. 두 손이 모두 자유로우면 모를까, 한 손으로 지혈도 되지 않은 상처를 누르고서는 도무지 동수를 이룰 수 없을 것 같아 보였다.

'그렇다고 힘이 모든 것은 아니지.'

그는 전장에서 부족한 기교를 채워 넣었다. 그의 몸은 고정된 채로 발이 교룡번신의 수법을 따라 움직였다.

교룡번신의 수법이 발에서 시작되어 척추를 타고 두 손의 신경으로 전해졌다. 단번에 검의 궤적이 일변하며 놈의 힘을 그대로 흘려 버린다.

그와 동시에 자운이 창을 향해 검끝으로 흡자결을 펼쳤다.

일전에 자운이 펼친, 사람 하나를 끌어들이는 정도로 강력한 흡자결은 아니었지만, 그래도 창대를 쑤욱 잡아당기기에는 차고 넘쳤다.

흡자결의 힘이 단번에 창대를 끌어들인다.

창이 자신의 의지를 따르지 않고 애먼 곳으로 가려 하자 놈의 표정이 당황으로 물들었다.

"어어?"

다급하게 흡자결인 것을 느끼고 역으로 방자결을 펼쳐 벗어나려 했지만, 이미 흡자결의 중심부로 향하고 있는 창대를 통제하는 것은 어려웠다.

그의 몸이 창대와 함께 딸려 들어왔다.

운산이 놓치지 않겠다는 듯 검을 휘둘렀다.

카앙—

강기가 묻어나는 검과 창이 충돌하고 불똥이 튀었다. 튕겨 나온 운산의 검이 다시 회전해서 돌아갔다.

원을 그리며 회전하는 연격. 이격이 그대로 펼쳐졌다. 일전의 충격이 남은 창은 부르르 떨고 있었고, 흡자결까지 창의 움직임을 방해하고 있어 운산의 공격을 막기란 쉽지 않아 보였다.

아니나 다를까,

운산의 공격이 단번에 놈의 허벅지를 베었다.

피슈욱—

허벅지 위로 피가 솟구친다. 뼈가 잘리지는 않았지만 근육을 단번에 잘라 버렸으니 움직이기 힘들 것이다.

"으아아아악!"

허벅지가 잘린 놈이 고통에 찬 비명을 내질렀다. 운산의 미간이 꿈틀 움직였다. 그리고는 순식간에 그의 머리를 쳐 낸다.

푸욱—

놈의 머리가 비명을 지르던 모양 그대로 돌아 바닥으로 떨어졌다.

털썩—

운산이 놈의 머리에 시선을 두지 않고 곧바로 자신의 허리를 지혈했다. 혈을 누르고 품속의 붕대를 꺼내 들고 단단하게 묶었다.

"후우! 정말 끝도 없구나."

삼숙으로 대표되는 동쪽의 전장과 청해로 대표되는 남방의 전장은 하루가 멀다 하고 이렇게 아비규환이 펼쳐진다.

적성의 무인들, 그리고 적성에 가담하여 떨어지는 꿀떡이라도 받아먹어 보려고 하는 무림문파들이 청해와 감숙을 넘기 위해 매일 공격해 왔고, 무림의 안정을 가져오고자 하는 무림맹이 최후의 방어선이라고 할 수 있는 청해와 감숙을 막았다.

하루하루가 지옥 같은 전장의 반복이었고, 그 속에서 황룡문이라는 수가 적은 문파의 문도들은 뿔뿔이 흩어져 버렸다.

다만 소식을 알 수 있는 이들이라고 한다면 태원삼객과 우천에 관한 이야기 정도였다.

태원삼객은 운산과 같은 동쪽의 전장에 있다고 한다.

무도와 탐창의 중간에서 적들을 막고 있다는 소식도 들은 것 같다. 다행인 점은 그들 중 누구 하나가 죽었다는 소식은 들려오지 않았다.

우천이 있는 곳은 청해 쪽의 남쪽 전장이라는 말을 들었다.

그쪽은 감숙에 비해서 더욱 치열한 전장이 펼쳐지고 있다는 이야기를 들었다.

하지만 역시 천운이 따른 것인지 우천의 사망 소식은 전해지지 않았고, 보름에 한 번 꼴이나마 연락을 주고받고 있기도 했다.

'이럴 때에 대사형이 있어준다면……'

운산이 다시 전장 속에서 몸을 움직이며 생각했다. 상처 입은 무사는 전장에서 가장 요리하기 쉬운 것 중 하나다. 단번에 죽이고 공을 세울 수 있는 것이다.

하지만 그중에는 예외인 이들도 있었는데 그들이 바로 고수다.

운산 역시 예외라 할 수 있는 고수에 속했다.

많은 이들이 피에 젖어 있는 운산의 허리를 보고 상처 입은 자라 생각하여 달려들었지만 불을 향해 뛰어드는 부나방처럼 명을 달리했다.

푸확—

적에게서 튄 피가 앞섶을 축축하게 적셨다.

막 적을 베어 넘긴 운산이 고개를 들어 허공을 바라보았다.

"대사형, 언제쯤 돌아오시는 겁니까?"

자운에 관한 소식은 의외로 어렵지 않게 들을 수 있었다. 그가 본대로 복귀했을 때, 무림맹에서 나온 사람이 운산을 기다리고 있었던 까닭이다.

"황룡문의 문주 황룡대협 검운산 대협이 맞으십니까?"

무림맹의 사자 구일청의 말에 운산이 고개를 끄덕였다.

"예, 제가 검운산입니다. 그런데 갑자기 왜 무림맹에서……"

분명 운산이 무림맹 소속이기는 맞지만, 지금 당장 무림맹에서 따로 연락이 올 일은 없었다. 의문스러워하는 운산을 향해 구일청이 자세한 사정을 설명해 주었다.

"현재 황룡문에서 황룡문의 무공으로 삼층 누각을 일검에 무너뜨릴 정도의 고수가 있습니까?"

물론 구일청 역시 그런 고수를 한 명 알고 있었다. 삼 년 전 적성들과의 싸움 후 폐관에 들어 모습을 감춘 사내, 철혈난신이라면 충분히 그 정도의 무위를 펼칠 수 있었다.

운산 역시 그 말을 듣고 가장 먼저 생각난 것은 자운이었다.

"한 명 있습니다."

"그렇다면 그 사람이 어디 있는지는 알고 있습니까?"

구일청의 물음에 운산이 고개를 흔들었다. 삼 년 전 그가 폐관에 들어서고 나서 이제는 어떻게 되었는지조차 알 수 없다. 아직도 폐관에 들어 있는 것인지, 그렇지 않으면 무림에 다시 나왔는지는 운산으로서도 아는 바가 없었다.

운산이 고개를 흔들자 구일청이 본격적으로 말을 꺼내었다.

"섬서에서 황룡문의 무공으로 삼층의 누각을 한 번에 무너뜨리는 일이 일어났습니다."

비록 천하의 절반 이상이 적성의 손에 넘어갔다고는 하지만, 세작을 침투시키고 정보를 얻어올 수는 있었다.

이번에 전해진 정보는 바로 섬서성에 침투해 있는 세작으로부터 전해진 정보였다.

그 말에 운산이 눈을 크게 뜨며 자리에서 튕기듯이 일어났다.

"대사형에 관한 소식이란 말입니까?"

그 말에 구일청이 고개를 조용히 흔들었다.

"난신 천 대협에 관한 소식인지 아닌지는 확실히 알 수 없지만, 소문의 주인공은 삼층 누각을 단 일검에 무너뜨리고, 그 사이 하오문의 지부장 취록을 등에 업은 채로 오백 명의 포위망을 유유히 벗어났다고 합니다. 이것이 벌써 삼 일 전의 이야기입니다."

그 정도의 신위를 보일 수 있는 사람, 그리고 황룡문의 무공을 사용하는 사람은 아무리 생각해 보아도 철혈난신 말고는 없었다.

운산이 손바닥으로 탁자를 때렸다.

탕—

"대사형입니다! 대사형이 분명합니다! 그래서 대사형은 지금 어쩌고 있다고 합니까?"

"과연 검 대협께서도 그리 생각하고 계셨군요. 사실 무림맹의 수뇌부 역시 같은 생각을 하고 있었기에 이렇게 검 대협께 알려 드리러 왔습니다. 하지만 안타깝게도 그 후의 난신 대협의 움직임에 관해서는 더 이상 알려진 바가 없습니다."

운산이 그제야 자리에 앉았다. 운산이 자리에 앉자 구일청은 무림맹에서 운산에게 전하고자 했던 말을 계속해서 이어 나갔다.

"하여 무림맹에서는 소문의 주인공이 철혈난신 천 대협이라는 확신이 서는 대로 구조대를 보낼 생각입니다."

"구조대… 말입니까?"

구일청이 고개를 끄덕였다.

"아무리 천 대협이 절대의 경지에 오른 고수라고는 하지만, 그곳은 적진의 한복판이 아닙니까. 또한 살아남은 칠적과 일성 역시 소문의 진위가 파악되는 대로 몸을 움직일 것입니다. 그 모두를 천 대협께서 상대하기는 불가능하다는 전제하에 내려진 결론입니다."

확실히 아무리 자운이라 하더라도 그렇게 많은 이들에게 합공을 받으면 힘들어질 것이다. 삼 년 전에도 두 명의 칠적과 싸우면서 목숨이 경각에 달했던 적이 있지 않는가.

구일청의 말을 알아들은 운산이 고개를 끄덕였다.

"그렇군요. 그렇다면 구조대는 언제쯤 출발할 생각입니까?"

"이미 구조대로 갈 사람들은 모두 선별해 두었습니다. 괴걸왕께서 지휘를 맡으실 것이고, 그중에는 역시 황룡문 소속의 우 소협 역시 포함되어 있습니다."

"우천이 말입니까?"

구일청이 고개를 끄덕였다.

"예. 본래는 명단에 없었는데 우 소협이 끝까지 구조대에 참가하겠다고 우기는 바람에 참가하게 되었습니다."

운산이 자리에서 일어났다. 우천이 움직였다고 하는데 자신이라고 가만히 있을 수는 없다.

"저 역시 구조대에 참여하겠습니다."

"검 대협께서 말씀이십니까?"

운산이 고개를 끄덕였다. 그리고는 허리춤에서 검을 뽑아 당장에 강기를 뿜아 올려본다.

화르륵—

타오르는 선명한 금빛 강기. 이전에 비해서 훨씬 실력이 향상된 것을 증명이라도 하듯 강기가 매끄러워졌다.

그 속에 타오르는 기운은 전혀 줄어들지 않았으니 외유내강의 형태를 잘 이루고 있는 강기라고 할 수 있었다.

자운이 갑작스럽게 강기를 피워 보이자 구일청으로서는 조금 당황했다.

"제 대사형입니다. 그러니 제가 구조대에 포함되는 것은 당연하지요. 또한 저는 강기지경에 올랐습니다. 이제 막 강기지경에 오른 것이 아니라 완숙하게 되었으니 구조대의 일원으로서 한 사람의 역할을 충분히 할 수 있을 것이라 생각합니다."

그의 말에 구일청이 고개를 끄덕이며 한숨을 내쉬었다.

"사형제가 정말로 비슷하군요."

"무슨 말씀이십니까?"

"우 소협께서도 그렇게 말씀하시며 제 앞에 강기를 보여주셨지요."

그 말에 운산이 깜짝 놀랐다.

"우천이 강기지경에 들었다는 말씀이십니까?"

"예. 검 대협처럼 그렇게 완벽한 강기는 아니었지만, 강기지경에 든 지 일 년 정도 되었다고 하더군요."

그 말에 괜히 코가 시큰해진다. 이런 전장 속에서도 자신의 사제가 잘 성장해 주었다는 사실이 기쁜 것이다.

'하루빨리 이 소식을 대사형께 알리고 싶구나.'

예전이었다면 자신과 같은 경지에 올라선 우천을 조금이나마 질투했을 텐데 이제는 그렇지 않았다.

질투를 할 필요도 없을 뿐더러 이유도 없었다.

그저 사제가 잘 성장을 해준 것이 기쁘기만 할 뿐이다.

"그럼 저도 구조대에 들어갈 수 있는 겁니까?"

구일청이 고개를 끄덕였다.

"예. 구조를 지휘하시는 걸왕께서 말씀하시기를, 두 분께서 원하신다면 언제든지 구조대의 일원으로 이름을 올리라

하셨습니다."

 그 말에 운산이 주먹을 꽉 쥐었다.

 적진의 한복판으로 몸을 날리는 것이지만, 대사형을 보러 갈 수 있다, 그 사실에 희열로 주먹을 꾹 쥔 것이다.

 '대사형, 지금 만나러 갑니다.'

*　　*　　*

 오백이나 되는 포위망을 취록이라는 혹을 달고도 유유히 빠져나온 자운의 신위는 그야말로 엄청났다.

 자운의 등에 매달려 있던 취록은 휙 하는 순간 공간이 늘어나는 착각에 빠질 정도였다. 절대의 고수들이 사는 세계는 모두 그런 것일까 하는 상상도 했다.

 자운의 걸음이 멈춘 것은 여산의 근처에 이르러서였다.

 해가 지는 것을 보고 걸음을 멈춘 것이다.

 "우리 여기서 하룻밤 묵어갈까? 잠도 오고 좀 피곤한데 말이지."

 유수의 무(武)에 이르러 몸을 움직이는 동안 단 한 번도 잠을 청하지 않았다. 그 기간이 일 년인지 이 년인지는 자운으로서도 감 잡을 수는 없지만, 상당히 오랜 시간 잠을 자지 않은 것만은 확실했다.

무아의 경계에 들어 잠을 자지 않는다고 해도 피로하진 않았지만, 그래도 잠이라는 것은 사람에게 있어 꼭 필요하다는 것이 자운의 지론이었다.

"여기는 적진 한복판인데, 여기서 잠을 자자는 말씀이신가요?"

취록은 이렇게 여유자적한 자운의 태도가 이해가 가지 않았다. 아무리 절대의 고수라고는 하지만 이곳은 적진의 한복판이다.

열 손으로 한 손을 막을 수 없다는 것이 강호의 지론. 하지만 절대고수는 그것마저도 초월한 존재라고 했다.

그 점을 감안한다 하더라도 자운의 태도는 너무나 여유만만했다. 삼 년 전에 들려온 소식에 의하면, 칠적 중 두 명의 공격으로 죽을 위기를 넘겼다지 않던가. 지금 당장에라도 자운의 소식을 들은 칠적이 공격을 해올 수도 있었다.

그런데 이렇게 여유만만한 태도는 무엇인가.

'설마 폐관에 들어 있는 동안 또 무엇이라도 손에 넣은 걸까?'

칠적 중 둘이 덤벼도 이길 수 있을 정도의 힘을?

말도 되지 않는 상상에 취록이 스스로 피식 웃으며 고개를 흔들었다.

'그럴 리가 없지.'

자운이 그 모습을 보고 물었다.

"혼자서 뭐 하는 거야? 실실 웃지를 않나, 고개를 흔들지를 않나. 내 멋진 외모와 강력한 무력에 반해서 미치기라도 한 거야?"

취록이 일언지하에 자운의 말을 잘랐다.

"그럴 리가요. 그보다 제 질문에 대답 먼저 해주시지요."

자운이 픽 웃었다.

"자, 내가 널 업고 허공답보로 날아간다고 생각을 해보지. 그럼 잔챙이들은 상대도 하지 않고 넘어가겠지만, 오히려 그게 더 놈들의 주의를 끌 거라고는 생각 안 해?"

"아!"

자운의 말에 취록이 입을 크게 벌리며 탄성을 터뜨렸다.

확실히 허공답보를 사용하면 이목의 집중이 더 될 것이다. 자운은 거기까지 생각하고 있었던 것이다.

"그에 비해서, 이렇게 평범한 척 움직이면 잔챙이들의 이목도 좀 덜 끌고, 칠적 놈들의 시선도 막을 수 있겠지."

말을 마치며 자운이 한마디 더 덧붙였다.

"뭐, 둘 정도는 몰려와도 상관없지만."

"예?"

자운의 말에 깜짝 놀란 것은 취록이었다. 자운이 고개를 흔들었다.

"아니, 아무것도 아니고, 이 동네 객잔이 여기뿐이야?"

자운이 마을에서 하나밖에 없는 객잔을 보며 말했다. 낡고 허름한 것이 썩 좋아 보이지는 않았던 것이다.

하지만 아무리 찾아보아도 마을의 객잔은 여기 한 군데뿐이었다.

"어쩔 수 없네요, 여기서 자는 수밖에."

취록의 말에 자운이 고개를 끄덕이며 문을 열었다.

끼이익—

녹슨 경첩에 기름칠이 제대로 되지 않은 듯 귀에 거슬리는 소리가 울렸다. 그러고 보니 황룡문에 처음 들어갔을 때도 이런 소리를 들은 것 같다.

그곳에서 자운은 운산과 우천을 만났다.

객잔 문을 열고 들어가자 심드렁한 표정의 주인이 그를 반겼다.

"어서 오십시오."

객잔 내부로 들어가자 생각보다 사람의 기척이 많이 느껴진다. 안살자 따위의 기척이 아니라 말 그대로 투숙객의 기척이었다.

마을이 크지는 않지만 가끔 상단이 지나기기도 하고 왕왕 왕래가 있던 곳인데, 객잔이 한 곳밖에 없어 사람이 몰리는 듯했다.

그러니 이런 낡은 시설에 심드렁한 주인의 태도에도 불구하고 장사가 되는 것이리라.

"방 있습니까?"

자운의 말에 객잔 주인이 장부를 살피며 빈방을 찾았다.

"부부요? 마침 빈 방이 하나 남아 있기는 한데."

부부냐는 말에 취록이 손을 흔들며 부인하려 했다.

그런 취록의 입을 자운이 혈을 짚어 막아버리고는 전음을 날렸다.

[위장, 위장.]

자운의 말을 들은 취록이 찌릿 한번 노려보더니 이내 작게 고개를 끄덕였다.

자운이 객잔 주인의 말에 답했다.

"예, 이제 결혼한 신혼부부입니다. 아내의 고향에 가는 중인데, 방 하나면 됩니다."

그 말에 객잔 주인이 고개를 끄덕였다.

"그래, 딱 봐도 신혼부부 같았어. 어쩐지 갓 성혼한 티가 나더라니까. 좋을 때네, 좋을 때야."

자운이 어색하게 웃었다.

"하, 하하하······."

자운에게 아혈이 점해져 입을 움직이지 못하는 취록은 입가만 미미하게 떨리고 있을 뿐이었다.

자운과 취록은 객잔 주인에게서 방을 안내 받아 들어갔다. 방문을 닫은 후에 자운은 점혈을 했던 취록의 혈을 풀어주었다. 점혈이 풀리자 취록이 자운을 쏘아본다.

"능청이 대단하시더군요."

자운이 능청스럽게 받았다.

"타고난 재능이라 미안한데 넌 못 줘."

"준다고 해도 안 받아요. 그것보다, 처녀를 단번에 유부녀로 만들어 버리셨네요?"

자운이 귀를 팠다. 그리고는 귀지를 입으로 후욱 불었다.

"고개를 끄덕였잖아. 너도 동의한 거 아니었어?"

"그럼 아혈이 눌려져 있는데 어떻게 해요!"

"어쨌든 동의한 건 인정한다는 거네. 그것보다 그 나이 먹도록 기루에서 일하면서도 처녀였어?"

취록이 고개를 끄덕였다.

"기녀라고 전부 몸을 파는 기녀라고는 생각하지 마세요. 음악과 노래를 파는 기녀도 있고, 저는 기녀가 아니라 루주였습니다."

"그래도 그런 데서 일하는 사람이 그 나이까지 처녀라니, 너 올해로 나이가 몇이었지?"

"서른셋이요."

"이야, 젊네. 아직 앞날이 창창하네. 처녀여도 상관없겠다. 내가 아는 애는 이백 년이 넘게 처녀인 애도 있어."

사람이 이백 년이나 산다는 사실부터가 말이 안 되긴 하지만, 취록은 그 의미를 진짜 이백 년이 아니라 그 정도로 오랫동안이라는 과장법으로 알아들었다.

"그 여자, 참 불쌍하네요. 그럼 당신은 총각 아닌가요? 나이도 많아 보이지 않는데."

자운이 피식 웃었다. 그리고는 손을 들어 취록의 머리를 눌렀다.

"아가야, 이백 년 전부터 이몸은 총각이 아니었단다. 그런 말 할 거면 이백 년이나 먹고 나서 말해라."

이번에도 취록은 이백 년을 매우 오랜 세월의 과장법 정도로 생각했다.

"무림에서는 철혈난신 천 대협이 반로환동을 한 게 아닐까 하는 추측도 있어요. 그럼 정말로 반로환동을 한 건가요?"

자운이 고개를 세차게 흔들었다.

그리고는 귀찮다는 표정으로 말했다.

"도대체 이 질문만 몇 번째인지 모르겠네. 반로환동이 아니라 애초에 늙지를 않은 거야."

"설마 시류의 흐름에 간섭을 받지 않는 경지?"

그건 반로환동보다도 훨씬 높은 경지로서 불노불사에 가

장 근접해 있다는 경지가 아닌가?

자운이 피식 웃었다.

"거기까지는 아니고, 나도 더 이상은 말해줄 수 없어."

그렇게 되면 자신이 이백 년 전 사람이라는 것을 들킬 테니 말이다.

자운이 더 이상 말을 해주지 않겠다는데 그녀로서도 억지로 캐물을 생각이 없었다.

생각이 없을 뿐더러 그럴 자신도 없었다.

그저 의뭉스러운 눈치로 자운을 바라보고 있을 뿐이었다.

아침 일찍 일어난 자운이 취록과 함께 산을 타고 넘었다. 그들이 넘고 있는 산은 여산(驪山)으로서 회창산이라고도 하며 예로부터 온천으로 유명했다.

자운과 취록의 옆으로 온천수가 솟아났다. 그 온천수 속에 녹아 있는 유황 냄새가 위로 올라온다.

메케한 유황 냄새가 코를 찔렀다.

취록이 그 냄새가 싫은지 코끝을 잡았다.

자운이 솟구치고 있는 뜨거운 온천물을 보고 입맛을 다셨다.

"아, 저 안에 들어가서 좀 푹 쉬었으면 좋겠다."

뜨거운 물을 보니 피로가 쌓인 몸을 녹이고 싶었던 것이다.

옆에서 자운을 쫓아가던 취록이 절대로 그래서는 안 된다는 듯 답했다.

 물론 고개를 세차게 흔드는 것을 잊지 않았다.

 "지금쯤 적성의 손에 우리의 정체가 들어갔을 거예요. 어쩌면 놈들은 벌써 추격조를 이용해 우리를 쫓고 있을지도 모르는데, 한가하게 온천욕을 할 시간은 없어요."

 자운이 잘 알고 있다는 듯 바닥에 침을 퉤 하고 뱉으며 머리를 벅벅 긁었다.

 "그 여자 참 걱정도 많다. 나도 그냥 해본 말이니까 걱정하지 말고, 너랑은 같이 목욕을 하라고 해도 안 해. 어디 볼 게 있어야 하지."

 그 말에 취록이 발끈했다.

 "제가 왜 볼 게 없다는 말인가요? 이렇게 몸매 좋은 여자 또 만난 적 있어요?"

 그녀는 무림인 중에서도 아래쪽이라 할 수 있는 하오문의 사람답게 매우 개방적이었다. 어지간한 무림세가의 여인들도 이런 말은 입에 쉽게 담지 못하는데 당당하게 입에 담은 것이 그 증거였다.

 하지만 더욱 뻔뻔스러운 것은 바로 자운의 태도였다.

 자운이 피식 웃었다.

 "가슴에 넣은 그 솜이나 좀 빼고 말하는 게 어때?"

그녀가 손을 확 들어 가슴을 가렸다.

"어머, 제가 언제 가슴에 솜을 넣었다는 말이에요?"

자운이 과장스럽게 그녀의 행동을 흉내 내었다.

"어머, 언제 넣기는 매일 저녁마다 잘 빨아서 말리고 아침에 새로 집어넣는 걸 누가 모를 줄 알고? 가슴이 족히 두 배는 커지더구만."

자운의 말에 그녀가 성난 고양이처럼 하악 뛰었다. 그녀의 얼굴이 새빨갛게 변했다.

"변태!"

자운이 받아쳤다.

"네가 보여줘 놓고는 뭘 새삼스럽게 그래? 가슴에 들어 있는 그거 좀 뽑아줘?"

자운의 신형이 휘익 사라졌다.

그가 나타난 곳은 그녀의 바로 앞이었다. 자운이 손을 뻗어 그녀의 손을 움켜쥐었다.

취록이 비명을 질렀다.

"어머! 이러시면 안 돼요!"

그녀의 귀로 자운의 전음이 날아든다.

[조용히 해. 그것보다 우리, 추격자 붙었어.]

자운의 전음에 그녀가 깜짝 놀랐다.

[티 내지 말고 할 말 있으면 내 손바닥에 적어라.]

입으로는 능청스럽게 음담패설을 중얼거렸다.

"안 되긴 뭐가 안 돼. 좋으면서 괜히 빼기는."

취록 역시 상황을 파악하고는 적당히 맞장구를 쳤다.

"여자는 분위기를 타는 존재인데, 이런 곳에는 아무런 감흥도 없다구요."

자운이 피식 웃었다.

그 사이 취록이 손바닥에 적는 글자를 알아들었다.

─우리 뭔가 실수한 거 있어요?

[아니, 그런 적 없는데.]

"웃기고 있네. 여기 얼마나 좋아. 옆에는 온천이 있고, 앞에는 이렇게 절세 미남이 있고."

─그럼 왜 미행이 붙은 건데요?

[글쎄, 미행이라기보다는 우리가 갈 만한 모든 길에 매복을 펴놨다고 봐야겠는데?]

자운이 손가락 끝으로 자신을 지목했다.

"됐네요."

말을 하며 자운이 기감을 넓혔다. 단번에 그의 기감이 여산

전체를 뒤덮을 정도로 커졌고, 곧 자운의 미간이 딱딱하게 굳었다.

—왜요?

좋지 않은 자운의 표정을 알아본 그녀가 자운의 손바닥에 글을 적었다. 자운이 전음을 통해서 중얼거렸다.
[아, 젠장. 우리 엿 됐다.]

—왜요? 무슨 일인데 그래요?

손바닥에 글을 적어 나가는 취록에게 자운이 전음 대신 입으로 중얼거렸다.
"시발. 천라지망이 펼쳐졌어. 그것도 여산 전체를 덮고도 남을 천라지망이."

第十二章 아직도 네가 웃을 수 있는지 그게 궁금해서

황룡난신

"놈이 눈치를 챈 것 같습니다."

부하의 말에 이적이 고개를 끄덕였다.

그 역시도 느끼고 있었다. 여산에서 피어오르는 존재감을, 절대의 경지에 이른 존재감을. 자신의 주변으로 천라지망이 펼쳐졌다는 사실을 알았으니 봐줄 생각은 없을 것이다.

"그래, 그 정도는 해줘야지."

이적이 앉은 자리에서 천천히 일어났다.

철혈난신이 모습을 감춘 지 삼 년째. 그가 가장 처음 모습을 드러내었던 곳이 섬서라 해서 섬서에서 눈을 떼지 않고 있기를 잘했다.

이적의 생각대로 놈은 다시 섬서에서 모습을 드러낸 것이다.

자운의 위치를 확인한 이적은 단번에 섬서의 적성 모든 지부에 연락을 해 병력을 끌어모았다.

하지만 이적은 잘 알고 있었다. 그런 무사 일천을 끌어 모으든 이천을 끌어 모으든 자운에게는 상대가 안 된다는 사실을 말이다.

이적 역시 그 병력을 이용해 자운을 잡으려 한 것이 아니라, 그가 모습을 드러낸 곳에서 청해로 향하는 모든 길목을 틀어막은 것이다.

아니나 다를까, 놈은 여산에서 모습을 드러내었다.

이적이 자리에서 천천히 일어났다.

여산에서 피어오르는 기운이 한층 진해졌다.

황금빛 물결이 여산의 정상에서 치솟는다. 그 물결의 빛이 이적의 동공 가득히 들어왔다.

그가 걸음을 움직였다.

향하는 곳은 여산, 노리는 것은 철혈난신 천자운!

"네놈이 아무리 강하다 한들 천하에서 가장 강한 기운을 이길 수는 없을 것이다."

그의 발이 닿은 자리, 그 자리에서 푸른 뇌전이 번득였다 사라졌다.

* * *

"크아아악!"
"흐아아악!"
"으아아아악!"
유황 냄새가 피어오르는 사이로 자운의 몸이 날았다.
사방에서 비명이 우후죽순처럼 터져 나왔다.
일격일살을 이미 넘어선 경지. 단 한 번에 여러 명이 죽어 나간다. 실력 차이가 그만큼 크다는 의미이기도 했다.
이것이 바로 절대의 경지에 오른 자의 실력. 자운의 앞에서 천라지망이란 그야말로 가지고 놀기 쉬운 먹잇감이었다.
먹잇감은 난신이라는 귀신에게 철저하게 농락되고 있었다.
파바밧—
자운의 손에서 한 줄기 경기가 뿜어졌다. 경기는 바람을 타고 날카롭게 날아갔다. 손을 휘젓는 것만으로 예기가 일었다.
검을 꺼내 들지도 않았다.
아니, 정확하게 말하면 그럴 필요가 없다고 해야 할 것이다.

먼지를 털어내듯 슬쩍 움직이면 정확하게 그 방향의 땅거죽이 뒤집어진다.

쾅쾅쾅―

삼여 장의 땅거죽이 뒤집히고, 깊이 들어 있던 황토가 모습을 드러내었다. 자운의 족적이 황토 위에 새겨지고 다시 뛰어올랐다.

종횡무진.

그것이 지금의 자운을 표현할 수 있는 유일한 단어인 듯했다.

번쩍 빛이 발하고, 적이 날아갔다.

방금 날아간 이는 적성에서도 백홍에 속하는 실력자라고 할 수 있었다.

손가락으로 꼽아보자면, 적성에서 칠적은 제외한 서열 백삼십 위 안에 속해야지만이 홍(紅)의 이름을 얻을 수 있었다.

그런 실력자가 자운의 손짓을 이겨내지 못하고 날아간 것이다.

땅바닥을 뒹구는 백홍의 입에서 한 사발이 넘는 피가 토해졌다.

"우웨엑!"

과연 이것이 사람일까 싶은 정도의 일격. 먼지를 털어내는 손짓에 내장이 진탕되고 단전이 흔들렸다.

지금 이 상황에서 무리하게 기운을 끌어올린다면 아마도 다시는 재기 불가능할 정도의 내상을 입게 될 것이다.

"괴, 괴물 같은 놈."

자운이 피식 웃었다.

"너희들에게라면 나는 언제든지 괴물이 되어주지."

자운의 말에 상대의 얼굴이 일그러졌다.

온몸이 끊어지는 고통 때문이 아니라 자존심이 상했기 때문이다. 상대가 절대의 경지에 오른 고수라고는 하지만, 그 역시 무림에서 이름을 날리는 고수 못지않았다.

어느 지방을 가든 엄청난 고수로 이름을 날릴 자신이 있었는데 이렇게 되어버린 것이다.

"감히!"

그가 으드득 이를 갈았다.

자운은 그를 상대하지 않고 몸을 날렸다.

그것은 마치 양 떼 사이를 농락하는 용과 같았다.

양 떼는 아무리 많아도 용을 이길 수 없다.

검강이 날아왔다.

자운이 의지를 이끌었다. 손끝에서 수강이 솟구치고, 그것은 이내 손 전체를 휘감았다.

터엉—

자운이 포물선을 그리며 검강을 쳐 내었다.

그리고는 손가락을 슥슥 만졌다.

"간지럽지도 않군."

자운의 말이 끝나는 순간, 그의 앞으로 다섯 명의 사내가 내려앉았다.

대부분 만만치 않은 실력을 가지고 있었고, 지금까지 나왔던 이들과는 수준을 달리하는 고수들이었다.

그도 그럴 것이, 지금 자운의 눈앞에 내려선 이들은 백홍보다 한 단계 위의 삼십단에 속하는 고수들이었다.

칠적을 제외하고 적성 내부에서 서열 삼십 위 안에 드는 이들만이 단(丹)의 이름을 받을 수 있었는데, 이들이 바로 그들인 것이다.

삽십단 중 하나인 포영매가 자운을 노려봤다.

"당신이 철혈난신이요?"

자운이 고개를 끄덕였다. 그리고는 허리춤에서 검을 뽑아 들었다.

하나라면 모를까, 삼십단 중 다섯을 맨손으로 상대하기는 힘들 것이다. 아니, 힘들다기보다는 시간문제라고 해야 할 것이다.

맨손으로 하더라도 모두를 이길 자신이 있었지만 검을 쥐는 것이 더 빨랐기에 검을 뽑았다.

그리고는 자신의 목을 잡고 매달려 있는 취록을 향해 전음을 보냈다.

[꽉 잡아야 할 거다.]

취록이 고개를 끄덕였다.

자운의 목을 감싸 매는 취록의 손에 힘이 들어갔다.

"내가 바로 난신이다."

자운이 허리를 쭈욱 펴며 말했다.

그의 몸에서 오연한 기세가 피어오른다.

자운이 스스로 난신임을 인정하자, 다섯 사내의 미간이 꿈틀거렸다.

"나는 포영매라 하오."

"나는 독고청이오."

"무외강이오."

"우선적이요."

"나는 제목충이라오."

그들이 모두 스스로의 이름을 말하고 나자, 가장 서열이 높은 포영매가 다시 입을 열었다.

"오늘 우리는 난신께 한 수 가르침을 청하오."

자운이 피식 웃었다.

"그럼 죽을 텐데?"

"각오한 일이었소. 하지만 난신도 우리의 힘을 얕보지 않는 것이 좋을 거요."

다섯은 잠시 눈빛을 교환하더니 차례로 쏘아져 나왔다.

조금의 시간차를 둔 공격, 하나씩 차륜전과 비슷한 형식의 합공을 하려는 것이다.

합공을 차륜전 형식으로 당하게 되면 상대의 기운은 생각보다 훨씬 빨리 떨어진다. 이들이 노리는 것이 바로 그것이었다.

하지만 포영매를 비롯한 다섯의 단은 자운의 실력을 너무 과소평가했다.

자운은 이미 예전의 자운이 아니었다.

쾅—

진각이 밟히고, 바닥이 한차례 크게 출렁거렸다. 자운의 몸이 빙글 회전하며 적을 향해 쏘아진다.

상상을 초월한 진각과 신법에 가장 선두에서 달려오던 독고청이 헛바람을 들이켜며 기겁했다.

"허업!"

난신의 무위가 생각보다 대단했던 것이다.

진각으로 인해 바닥이 바다의 파도처럼 움직였다. 그 흔들림을 버텨낼 수 없었던 이들이 뛰어올랐다.

회전하던 자운의 몸이 그들을 향해 날아갔다.

공중에서 방향 전환이 힘든 점을 이용하려 한 것이다.

"이럴 수가!"

그들이 비명을 질렀다. 하지만 자운의 검은 이미 독고청의 지척에 닿아 있다.

독고청이 죽음의 위기를 직면하며 검을 내밀었다.

혹시나 하는 생각에 자운의 검을 흘려내려 한 것이다.

하지만 충돌하는 순간 느꼈다.

쩌엉―

자운의 검을 혼자서는 절대로 막을 수 없음을.

그런 독고청을 구한 것은 포영매였다.

독고청의 검과 자운의 검이 충돌하는 순간, 그 사이에 자신의 검을 찔러 넣은 것이다.

두 개의 검에 자운의 검이 막혔다.

자운은 재미있다는 듯 씨익 웃으며 검을 거두어들였다. 그리고는 다시 섬전과 같이 꽂아 넣었다.

쩌엉―

포영매와 독고청의 검이 크게 휘청거렸다.

가볍게 당겨서 찔러 넣은 듯한 움직임이었는데, 그 힘이 상상을 초월하였던 것이다.

"크으으윽!"

"큭!"

둘이 신음을 흘렸다.

자운이 둘을 향해 검을 찔러 넣는 동안, 자운의 후방을 노리는 이들이 있었다.

무외강과 우선적이었다.

취록이 비명을 질렀다.

"뒤, 뒤요!"

자운이 피식 실소했다.

"나도 알고 있으니까 소리 지르지 말라고."

이미 기감과 감각을 섞어 넓게 퍼뜨린 자운은 둘의 움직임을 알고 있는 상황이었다.

무외강의 도와 우선적의 쌍검이 연달아 빛을 토했다.

세 번의 불꽃이 떨어졌다.

쩡쩡쩡—

둘의 몸이 주르륵 밀려나고, 자운의 몸이 허공을 날았다. 반발력을 이용하여 몸을 높이 띄운 것이다.

허공에서 일곱의 삼십단을 내려다보던 자운이 검을 내리그었다.

쏘아내는 것은 황룡검탄, 가미된 것은 직도황룡이었다.

일곱 개의 변화가 일어나고, 그 변화가 모두 황룡검탄으로 변해 각기 한 명단 한 발씩이 날아갔다.

선명히 유형화된 강기에 그들의 병기에서 역시 강기가 불타올랐다.

뛰어난 기교로 빗겨내는 것이 아닌 이상 강기를 막을 수 있는 것은 강기밖에 없었던 탓이다.

쾅쾅—

그들의 신형이 흔들렸다.

자욱한 먼지가 일어나고, 충격에 땅이 움푹움푹 파였다.

약 십여 장의 바닥이 뒤집어지기도 했다.

"과연 난신!"

제목충이 탄성과 함께 창을 휘둘렀다

위위위윙—

창이 진동하며 바람을 불러와 모래먼지를 걷어내었다. 그 순간, 제목충은 헛바람을 들이쉬는 수밖에 없었다.

눈앞에 난신이 나타난 것이다.

"크으윽!"

그가 창을 어지럽게 움직였다. 단번에 일곱 개의 분영, 그것이 난신을 찔렀다.

피비비빙—

난신의 신형이 허공에서 녹아 사라진다.

"이형환위!"

그가 소리치고, 자운의 울림이 허공중에서 들려왔다.

"미안한데, 그거보다 위다."

이내 모든 바람이 사라지고, 자운이 모습을 드러내었다.

그 순간, 포영매를 비롯한 오 인은 모두 기겁하는 수밖에 없었다.

자신들의 앞에 자운이 하나씩 서 있었기 때문이다.

이형환위보다 위라고 하더니, 환자결의 극의를 말하는 분신이던가.

이형환위를 연달아 펼쳐 모습을 만들어내고, 진상과 허상의 구분이 사라지는 경지. 소림의 연대구품을 극성까지 익히면 그런 모습이 나타난다고 했으나, 지금까지 그 경지에 오른 이는 소림사를 통틀어 단둘이었다.

첫 번째가 달마대사이고, 두 번째가 몇 백 년 전 신승이라 불리던 한 불목하니에게서 재현된 것이다.

그 후로 분신이라는 경지는 단 한 번도 재현된 적이 없다.

그런데 지금 소림의 연대구품에 비해 수가 넷 정도 부족하기는 하지만 분신이 재현된 것이다.

그들이 각기 병기를 이용해 자운의 신형을 찔렀다.

어떤 것이 진짜인지 알 수 없었기 때문에 모두 처리해야 했다.

자운의 신형이 모두 연기처럼 스르륵 사라진다.

그리고 나타난 것은 포영매의 앞이었다.

'다섯이 아니라 여섯이었나!'

분신의 수는 다섯이 아니라 여섯이었던 모양이다. 포영매가 놀라 뒤로 물러섰다.

하지만 자운의 손이 뻗어진 속도가 그것보다 빨랐다.

우득—

자운이 포영매의 목을 움켜쥐었다.

그리고는 강력한 힘을 이용해 단번에 꺾어버린다. 포영매는 제대로 반항 한번 해보지 못하고 그 자리에서 목이 꺾여 쓰러졌다.

"일단 한 놈."

자운이 남은 이들을 바라보았다.

취록은 굉장히 놀란 상태였다.

강기를 자유롭게 구사하는 고수들이 전혀 힘을 쓰지 못하고 쓰러지는 것이다. 사실 자운의 움직임 하나하나에는 취록이 상상도 하지 못할 정도의 무위가 들어 있었지만, 취록이 보기에 자운의 움직임은 너무나 간단했다.

그러니 적들이 너무 쉽게 쓰러지는 것으로 보이는 것이다.

확실히 적들과 자운 사이에는 그 정도의 격차가 있었다. 하늘과 땅이라 비교한다면, 그들과 자운의 격차가 설명될 것이다.

자운이 우득우득 하고 손가락을 꺾었다.

뼈 부딪치는 소리가 울린다.

"가르침이 필요하다면 아까 전에도 말했지만 내려주겠다. 하지만 셈은 해야지?"

자운의 몸이 다시 튀어나갔다.

자운의 몸에서 뿜어진 기세에 독고청을 비롯한 사 인이 날아갔다.
아무렇게나 널브러져 있던 포영매의 시체 또한 그 기세에 날려가 모습을 감추었다.
"크윽!"
날아가던 사 인이 몸을 뒤집으며 신형을 바로 세웠다.
기세만으로 사람을 날려 버리다니, 저건 도대체 어떻게 되어먹은 괴물이란 말인가.
그런 생각이 들었다.
도무지 이길 수 없는 싸움이라는 생각이 머릿속에 자리 잡았다.
자운이 그들의 표정에서 그것을 읽어내고는 씨익 웃었다.
"머릿속에 패배감이 들어온 이상, 너희는 이미 진 거야."
콰앙—
자운이 제목충의 머리를 밟았다. 그의 목이 우득 꺾어지고 머리가 터져 나갔다.
사방으로 뇌수가 비산하고 피가 흘렀다.
그의 손에 들린 창대가 자운의 발에 무참히 으스러졌다
튀는 뇌수를 자운이 옷을 흔들어 막았다.

한 방울의 피도, 한 조각의 뇌수 조각도 자운을 향해서는 튀지 않았다.

"그전에도 이미 졌겠지만."

이제 남은 적은 셋이다.

자운이 그 셋을 노려보았다. 단번에 명을 끊어버릴 생각이었다.

콰앙—

자운의 몸이 날았고, 그의 검이 허공에서 춤췄다.

이기어검, 그리고 자운의 두 손에 겸결지가 맺혀 들었다.

총 세 개의 검이 그들을 하나씩 노리는 것이다.

그들의 목이 단번에라도 잘려 나갈 것처럼 보였다.

그 순간, 한줄기 뇌전이 허공을 갈라 자운의 가슴팍을 때렸다.

등에 매달려 있던 취록이 갑작스럽게 밀려오는 뇌기에 비명을 질렀다.

"아아아아아악!"

자운이 온몸에 힘을 끌어들여 자신을 휘감은 뇌기를 몰아내었다. 다행히 빨리 몰아내었기에 취록의 상처는 크지 않은 듯 보였다.

뇌격이 적중한 가슴을 내려다보자 옷이 모두 타버렸다.

화상은 입지 않았으나 살 역시 붉게 물들어 있었다.

제법 아픈 일격이었다.

"칠적이냐?"

자운의 말에 자운의 눈앞에 내려서는 사내, 그가 키득키득 웃으며 자운을 바라보았다.

"그중에서도 두 번째지. 난신, 초면에 반갑군."

자운이 웃었다.

"내 손에 모가지가 절단 나러 와주다니, 나도 반갑기 그지없군."

말을 하며 취록을 내려놓았다. 삼 년간의 폐관으로 실력이 많이 상승되었으나, 칠적에 속하는 이를 상대하면서 취록을 달고 있을 수는 없었다.

"최대한 피해 있어. 놈들한테 잡히지 말고."

자운의 말에 취록이 고개를 끄덕였다.

"네 여자인가?"

자운이 고개를 흔든다.

"정보통일 뿐이야."

그 말에 취록은 멀어지는 와중에도 이상하게 마음이 상하는 것을 느꼈지만 내색할 수는 없었다.

"그런데 말이지, 자네의 말 중에 수정해야 할 부분이 있네."

그의 손가락 끝이 번득였다.

자운이 고개를 들었다.

피이잉—

자운의 귀 아래로 지지직거리는 뇌전이 지나갔다.

"뭐지?"

자운 역시 손가락 끝에 바람을 압축시켜 쏘아 보냈다.

이적이 자운과 마찬가지로 고개를 비틀어 자운의 지풍을 피해내었다.

"내 목을 바치는 게 아니라, 네 목을 거두어가려고 왔거든."

그는 말을 하며 뭐가 그렇게 웃긴지 계속해서 키득거렸다.

자운 역시 그에 맞장구를 쳐 주듯 피식피식 웃음을 흘렸다. 그런 자운의 웃음이 이적은 마음에 들지 않았던 모양이다.

그가 버럭 화를 내며 온몸으로 뇌기를 터뜨렸다.

"뭐가 좋다고 웃는 거냐!"

줄기줄기 뻗어진 뇌기가 이적의 몸을 중심으로 자운을 향해 쏘아졌다.

자운이 손을 휘둘렀다.

마치 장막을 걷어내는 듯한 가벼운 움직임이었다.

그 움직임에 뇌전이 경로를 바꾸고, 이적의 입술이 부르르 떨렸다.

"아니, 별건 아니고, 네가 웃겨서 말이야."

"……?"

자운이 검을 꾸욱 움켜쥐었다. 그의 몸이 황금색으로 빛이 나는가 싶더니, 빛이 다섯 줄기로 갈라졌다.

환한 빛이 이적을 비롯한 모두의 시야를 가리고, 이내 빛이 사라졌다 싶은 순간 그들이 볼 수 있었던 것은 황룡이었다.

그것도 모두 다섯 마리나 되는 황룡. 자운이 씨익 웃었다.

"아직도 네가 웃을 수 있는지 그게 궁금해서 그냥 웃었을 뿐이야."

자운의 말에 칠적의 입가에 걸린 웃음이 사라졌다.

동시에 다섯 마리의 황룡이 울었다.

우우우우우—

자운의 신형이 놈을 폭풍처럼 몰아쳤다.

자운이 부리는 황룡의 수는 무려 다섯. 패룡, 호룡, 비룡에 이어서 두 마리가 더 깨어난 것이다.

암룡(暗龍)과 환룡(幻龍)이었다.

암룡의 움직임은 그야말로 한 사람의 살수와 같았다. 은밀하게 몸을 숨기고 존재감을 녹여내며 허공중으로 사라진다 싶더니, 적절한 시기에 치명적인 공격을 가한다.

암룡이 갑작스럽게 튀어나오자 이적이 허리를 비틀었다.

"크으으윽!"

간발의 차로 암룡이 비켜나가고, 다시 그를 노리는 것은 환룡이었다.

환룡은 그야말로 환검과 같다.

한 마리처럼 보였으나 잠시 후면 두 마리로 늘어 있고, 두 마리가 다시 네 마리로 늘었다.

어느 것이 진상인지는 알 수 없다.

확실한 것은 모두 진상이 아니라 저 중 셋이 허상이라는 사실이었다.

이적이 번개를 네 갈래로 뿜어내었다.

콰지지지직—

번개에 맞은 고목이 넘어지며 불타올랐다.

세 마리의 환룡이 없어지고 마침내 실체가 드러나는 순간, 환룡이 다시 늘어났다. 지워도 지워도 끝이 없다.

어떤 환룡이 진짜인지 알 수 있는 이는 자운 말고 없을 것이다.

이적이 번개를 움켜쥐었다.

그리고는 창처럼 자운을 향해 쏘아낸다. 환룡을 제거할 수 없다면, 자운을 제거해 버리려는 생각이었다.

하지만 그렇게 쉽게 당해줄 자운이 아니었다.

쾅쾅쾅—

자운의 검이 강기를 머금고 뇌전을 쳐 내었다. 뇌전이라고는 하나 그 근본은 뇌기. 더 강한 힘으로 눌러 버리면 뇌기라

할지라도 충분히 막아낼 수 있었다.

자운이 뇌기를 걷어내고, 환룡이 이적을 덮쳤다. 이적이 쌍장을 교차했다.

두 팔에 강기를 두껍게 발라 환룡을 막아낸다.

콰앙—

환룡의 분신들이 이적과 충돌했다. 하지만 허상답게 곧 사라지고, 이제 진짜가 모습을 드러낸다 싶은 순간,

콰앙—

지축이 흔들리며 환룡의 머리와 이적의 쌍장이 충돌했다.

"미안한데 끝이 아니야."

콰앙—

이번에는 암룡과 패룡!

치명적인 기습을 가하는 암룡과 압도적인 힘을 자랑하는 패룡이 동시에 나타났다.

두 마리의 용이 이적의 몸을 뒤흔들어 놓는다.

이적이 온몸으로 뇌전을 뿜었다.

사방이 감전이라도 된 듯 파직거리며 타들어갔다.

나무가 쓰러지며 불길이 더욱 거세졌다.

하지만 자운은 전혀 덥지 않아 보였다.

이미 수화불침의 경지에 다다른 신체에 불의 화끈함 정도는 문제가 되지 않았다. 자운이 불길 속을 평온하게 걸었다.

술친구에게 말을 건네듯 친근하게 이적을 향해 묻는다.

"어때? 견딜 만해?"

이적이 자운의 물음에 빠드득 이를 갈았다.

지금 견딜 만하냐고 물었던가?

무림의 절대자 중 하나라는 자신이 이토록 치욕스럽게 밀렸다. 확실히 저 다섯 마리나 되는 용은 너무도 강력했다. 이적이 아니라 일적이라 할지라도 저 다섯 마리를 쉬이 상대할 수 있을지 의문이었다.

"이노옴!"

하지만 자운의 말은 이적의 자존심을 무참히 뭉개 버렸다. 그가 일어나며 온몸으로 번개를 터뜨린다.

꽈르릉—

하늘에서 번개가 떨어지더니 이적의 몸에 휩싸였다

그 모습은 흡사 뇌제, 번개의 제왕을 보는 듯한 모습이었다. 자운이 다섯 마리의 용을 휘감은 용제의 모습이라면, 이적의 모습은 번개의 황제였다.

두 황제의 충돌. 번쩍하는 순간 자운의 몸이 공간을 갈랐고, 이적의 번개가 사방을 잠식했다.

이적이 손을 하늘로 들어 올렸다. 그리고는 단번에 바닥을 향해서 내리긋는다.

꽝꽝꽝꽝—

수십 다발의 번개가 하늘에서 떨어지며 땅이 움푹움푹 파여 들었다.

 하지만 단 한 발의 공격도 자운은 맞지 않았다.

 자운에게 번개가 닿으려는 순간, 호룡이 자운을 보호했기 때문이다. 자운이 이적을 향해 천천히 걸어갔다.

 "왜 대답이 없어? 견딜 만하냐고 물었잖아."

 여유작작해 보이는 모습. 이적은 그런 자운의 모습에 화가 났다.

 "언제까지 네놈이 여유를 부릴 수 있을 것이라고 생각하느냐. 나는 이적이다! 나는 이적이야!"

 자운이 마주 소리쳤다.

 "그래서 죽어야 하는 거다, 병신아!"

 호룡이 자운의 부름을 받고 질주했다.

 콰과과과과—

 연달아 바닥을 때리는 호룡. 이적이 호룡의 움직임을 피하기 위해 종횡무진 움직였다.

 그 빠르기가 마치 번개와 같다.

 하지만 이동 속도라면 자운도 지지 않는 것이 있었다.

 바로 비룡!

 비룡이 날았다. 이전에 비해 훨씬 빨라진 속도였다.

 이적에 비해서도 전혀 뒤지지 않는다.

코앙—

이적의 신형과 비룡이 충돌하고, 이적이 휠휠 날았다.

허공으로 떠오른 이적을 향해 다른 네 마리의 용이 움직였다.

패룡의 머리가 틀어박힌다.

콰앙—

"으아악!"

뼈가 나가는 고통에 이적이 비명을 질렀다. 이어 단단하기 금강불괴에 비견되는 호룡의 꼬리가 놈을 후려쳤다.

퍼억—

단번에 바닥으로 추락하고, 환룡이 네 마리로 불어나며 그를 휩쌌다.

그리고는 다시 허공으로 말아 올린다.

그에게 치명적인 일격을 가한 것은 바로 암룡이었다.

다른 황룡들과는 다르게 유일하게 기다란 뿔이 나 있던 암룡. 그 뿔이 이적의 가슴을 꿰뚫었다.

"크허헉!"

아니, 그 찰나 그가 혼신의 힘을 다해 몸을 비트는 바람에 어깨가 꿰뚫리는 것으로 끝이 났다.

자운이 바닥으로 추락한 이적을 향해 걸어갔다.

"아직 견딜 만하지?"

자운의 히죽 웃었다. 이적이 구멍이 난 오른쪽 어깨를 부여잡으며 자운을 노려보았다.

피가 손가락 사이로 빠져나온다.

쿨럭쿨럭 흘러내린 피가 바닥을 축축하게 적셨다.

"그러니까, 이것까지 상대해 봐라."

휘우우우우우-

자운의 몸이 빛난다 싶더니, 한 마리의 황룡이 더 솟구쳤다.

황룡문의 내공은 양의 기운을 띤다. 그리고 그 양의 기운을 집중하면 불을 일으키는 것 역시 어려운 일이 아니다.

그 불의 집합체. 이번 황룡의 몸은 색이 좀 불그스름했다.

자운이 씨익 웃었다.

"소개하지. 황룡무상십이강의 그 여섯 번째, 염룡이다."

우우우우-

화르륵-

염룡의 울음소리와 함께 그의 입에서 불길이 쏟아져 나왔다.

* * *

"그래? 이적까지 죽었다고?"

무림의 사분지 삼을 집어삼킨 적성의 주인 일성이 침을 삼키며 말했다. 그 말에 일적이 고개를 끄덕인다.

발견해 낸 이적의 신형은 처참했다. 상대도 되지 못하고 그대로 명을 달리한 것이다. 온몸에는 상처가 나 있었고, 뼈가 부러진 곳이 총 스물일곱 곳, 어깨에는 무언가 날카로운 것에 의한 관통상이 있었다. 분명한 것은 검으로 인한 관통은 아니라는 것이었다.

"그렇습니다."

일적이 고개를 깊이 숙이며 말했다.

주인의 기분이 어떨까?

기분이 나쁠 것이다. 그 점을 알기에 일적은 더욱 고개를 깊이 숙이는 수밖에 없었다.

하지만 일적의 예상과는 달리 일성은 커다란 웃음을 터뜨렸다.

"으하하하하하하핫! 이적이 죽었다고요? 내 앞에서도 키득키득 웃음을 흘리던 그 영감이 그렇게 처참하게 죽었다는 말이지."

확실히 자신들의 주인은 범인과는 다르다.

기쁨과 슬픔을 느끼는 감정이 일반인들과는 달랐고, 그 표현 역시 달랐다.

그의 주인은 너무나도 기뻐 미치겠다는 얼굴로 사람을 죽여 버리고 싶다는 살기를 표출하고 있었다.

아직도 네가 웃을 수 있는지 그게 궁금해서

이것이 일성.

적성의 수장이라 불리는 일성의 모습이었다. 그가 손을 뻗었다. 일적의 뒤에 있던 수하 중 하나가 단번에 그의 손으로 빨려들어 갔다.

"으아아아아악!"

사내가 비명을 지르지만, 이내 곧 일성의 손에 잡혔다.

사내는 잘 알고 있었다, 그들의 주인이 지금까지 그들을 어떻게 해왔는지를. 그럼에도 불구하고 반항하지 못했던 것은 뼛속 깊이 새겨져 있는 공포심 때문이었다.

또한 반항을 해도 소용이 없음을 알고 있었기 때문이다.

우득—

사내의 목이 일성의 손에서 꺾어졌다.

일성이 그대로 목을 뜯어 바닥에 던져 버린다.

뜯겨진 몸통에서 피가 줄줄 흘러나와 일성의 다리를 적셨다.

"아아!"

그가 희열에 차 탄성을 터뜨린다.

"참으로 따뜻하군. 그 난신이라는 자의 피는 이보다 더 따뜻하겠지?"

일성이 키득 웃었다. 그리고는 눈앞의 일적을 내려다보았다.

"일적, 사실대로 말해 봐. 너라면 그를 상대할 수 있어?"

일적이 고개를 흔들었다.

"자신이 없습니다."

이적을 아주 손쉽게 요리한 난신이다. 그러니 이적과 실력 차이가 얼마 나지 않는 일적이라고 한들 뾰족한 수가 있을 리 없다.

"그렇군요. 역시 일적은 솔직해서 좋습니다. 그렇다면 그분들을 모셔야겠군요."

"그분들이라고 하시면……."

일적의 말에 일성이 고개를 끄덕였다.

"예, 삼공을 불러올 생각입니다."

삼공, 달리 적성에서 부르기를 삼봉공(三奉工)이라고도 하며 나이는 이백 살이 넘은 노괴물들이다.

또한 지난 이백 년 전 적성이 무림을 상대로 벌였던 싸움에서 살아남은 전대의 칠적이며 당금 칠적의 스승이기도 한 이들이다.

일성이 일적의 눈을 내려다보며 말했다.

"은거동으로 들어가 삼공을 데려오세요."

"아, 알겠습니다."

일성의 말에 일적이 떨리는 목소리로 답하고는 자리에서 일어났다.

"아, 잠깐."

물러나는 일적을 불러 세운 것은 일성의 목소리였다.

"봉공 중 삼공에게 전하세요."

일성이 피를 콸콸 쏟아내고 있던 이의 몸속으로 내력을 불어 넣었다. 이내 살 타는 소리가 들려오며 속이 다 익어버린 듯 목이 뜯어져 나간 사내에게서는 더 이상 피가 흘러나오지 않았다.

뜨거운 기운에 의해 속이 익어버린 것뿐만이 아니라 몸속의 모든 혈액이 증발해 버린 것이다.

사내의 몸이 모두 익어버리자 일성은 더 이상 흥미가 없다는 듯 그대로 던져 버렸다.

일성의 손에서 벗어난 몸은 그대로 날아가 바닥을 구르고 있는 머리 위에 떨어져 내렸다.

풀썩!

"철혈난신을 산 채로 잡아오라고요."

일성의 말에 일적이 고개를 끄덕였다.

"알겠습니다."

"일성께서 우리를 부르신다고 했느냐?"

일공의 말에 일적이 고개를 숙이며 말했다.

"예, 사부님."

그 말에 일공이 몸을 일으킨다. 이백 살이나 된 노인답지 않게 탄탄한 체구가 모습을 드러냈다.

일공이 일어나자 이공과 삼공 역시 자리에서 일어났다.

"그럼 또 이 무거운 노구를 움직여 봐야겠구먼."

이공의 말에 삼공이 픽 웃었다.

"이 사람들아, 그래도 자네들은 지금 당장 움직이는 일은 없지, 난 난신인가 뭔가 하는 아해를 잡으러 가야 한다네."

자운이 이백 살이 넘은 것을 아는 사람은 없으니, 그들의 기준에 있어서 자운은 그야말로 꼬마라고 할 수 있었다.

삼공의 빈 왼 소매가 펄럭인다.

왠지 상처가 욱신거리는 것 같다.

"그러고 보니 난신인가 뭔가 하는 아해가 황룡문의 태상호법이라고 했느냐?"

삼공의 말에 일적이 고개를 끄덕였다.

"그렇습니다. 문주 대리였다가 지금은 태상호법이라고 합니다."

일적의 말에 삼공이 혀를 찼다.

"끌끌, 그렇군. 확실히 이것도 인연이라면 인연이야."

그의 팔은 이백 년 전 황룡문의 문주에게 잃은 것이었다. 그런데 이번에 황룡문의 태상호법을 잡으러 가게 된 것이다.

그가 인연이라는 말을 계속하자 일공이 한마디를 덧붙여 주었다.

"악연이겠지."

이공 역시 한마디를 덧붙였다.

"그것도 그 아해에게 있어선 최악의 악연이겠지. 클클클."

이백 년의 세월을 특수한 사건으로 인해 늙지 않은 자운과 설혜가 아니라, 정말로 본신의 무력을 통해 이백 년을 살아남은 노괴물들이 움직이기 시작했다.

그리고 그중 삼공, 황룡문에 지독한 악의를 가진 이가 자운을 노리고 움직였다.

삼공이 저 먼 곳을 응시하며 중얼거렸다.

"아해야, 기대하거라. 내 친히 네 팔을 뜯고 다리를 씹어 목을 효수할 것이야."

삼공의 신형이 그 자리에서 튕기듯 사라졌다.

휙—

『황룡난신』제5권에 계속…

목염 新무협 판타지 소설

천하장주

따분한 일상에서 도망친 낭인왕 을지혁.
어린 시절 동생들과 나눈 약속을 지키기 위해
귀현상의 낡은 장원을 사들여 가꾸어가는데……

내가 원하는 건 단란한 집인데 왜 이렇게 방해하는 이들이 많은가!

아무도 찾지 않는 귀현산 중턱의 낡은 장원. 그곳에서 천하를 뒤흔들 주인이 탄생한다!
나의 꿈을 방해하는 자, 그 목숨을 걸어라!

천하장주!

Book Publishing CHUNGEORAM

유행이 아닌 자유추구 -
WWW.chungeoram.com

1월 0일

진호철 장편 소설

살아진다고 사는 것이 아니다.
스스로 살아야만 진정한 삶이다!

우주의 법칙마저 뛰어넘은 미증유의 힘, 반물질과의 만남.

1월 0일, 운명이 격변하는 날!
오늘은 새로운 삶의 시작이다!

Book Publishing CHUNGEORAM

유행이 아닌 자유추구 -
WWW.chungeoram.com

돈 빌려 드립니다

THE N 장편 소설

친구를 위해서 끌어다 쓴 사채. 그로 인해 죽음에 내몰린 남자.
절망의 끝에서 만난 신비로운 목소리가 그의 삶을 새롭게 이끄노니...

세상의 모든 더러운 돈과 전쟁을 선포한
가장 밑바닥에서부터 기어오른
한 사내의 이야기!

"그 돈, 제가 빌려 드리죠."

더러운 사채는 모두 사라져라.
이제 새로운 돈의 절대자가 탄생한다!

Book Publishing CHUNGEORAM
WWW.chungeoram.com

茶龍幻神
황룡난신

무황 新무협 판타지 소설

**『무황학사』일황 작가의
2012년 벽두를 여는 신작!**

이백 년 만의 귀문. 그러나 그가 목도한 것은 폐허처럼 변해 버린 문파!
다시 돌아온 자운의 무공이 광풍처럼 몰아친다!

"누가 우리 황룡문을 이렇게 만든 것이냐!'

황룡문을 건드리는 자, 나의 검이 용서치 않을 것이다!

천하제일문 스승과 대사형의 꿈을 이루는 그날!
잠들었던 황룡이 다시 하늘을 뚫고 솟을지니.

**부숴라, 답답한 지금을!
파괴하라, 앞을 막아서는 적들을! 날아올라라, 황룡이여!**

Book Publishing CHUNGEORAM

유행이 아닌 자유추구 -
WWW.chungeoram.com